魔法樹 1

The Enchanted Wood

遠得要命的遠遠樹

The Magic Faraway Tree

伊妮・布萊敦（Enid Blyton）／著　聞翊均／譯　林小杯／封面繪製

魔法樹1
遠得要命的遠遠樹（世紀奇書《許願椅》看不過癮就看這本！）

作　　者：伊妮・布萊敦（Enid Blyton）
封面繪製：林小杯
譯　　者：聞翊均
總 編 輯：張瑩瑩
主　　編：謝怡文
責任編輯：林曉君
校　　對：魏秋綢
封面設計：周家瑤
內文排版：菩薩蠻數位文化有限公司
出　　版：小樹文化
發　　行：遠足文化事業股份有限公司（讀書共和國出版集團）
地址：231新北市新店區民權路108-2號9樓
電話：(02) 2218-1417 傳真：(02) 8667-1065
客服專線：0800-221029
電子信箱：service@bookrep.com.tw
郵撥帳號：19504465遠足文化事業股份有限公司
團體訂購另有優惠，請洽業務部：(02) 2218-1417分機1124

法律顧問：華洋法律事務所 蘇文生律師
出版日期：2020年03月25日初版
2023年11月3日初版4刷

國家圖書館出版品預行編目資料

魔法樹 1 遠得要命的遠遠樹 / 伊妮.布萊敦(Enid Blyton)著 ; 林小杯繪 ; 聞翊均譯. -- 初版. -- 新北市 : 小樹文化出版 : 遠足文化發行, 2020.02
面 ; 公分
譯自 : The magic faraway tree : the enchanted wood
ISBN 978-957-0487-20-6(平裝)
873.59　　108021122

線上讀者回函專用QR CODE
您的寶貴意見，將是我們進步的最大動力。

立即關注小樹文化官網
好書訊息不漏接。

攀爬魔法遠遠樹注意事項
請小心遠遠樹居民，
可能會被妖精潑水（或墨汁）！
並請注意頭頂上是否有洗衣水落下，
若被淋濕，洗多多夫人一概不負責！
樹頂入口每日通往不同的奇幻國度，
冒險時請記得入口位置，
不然會永遠困在奇幻國度！

爬樹吧！——進入布萊敦的兒童奇幻之旅

文／葛容均（臺東大學兒童文學研究所助理教授）

首先，我由衷感謝小樹文化慧眼挖掘並認真翻譯伊妮・布萊敦的作品。當代東西方奇幻作品令人目不暇給，但早期之作卻顯得乏人問津。奇幻文學的發展有其脈絡可循，有屬於自身的發展歷史，挑三揀四的隨機閱讀，恐無法窺見奇幻文學成長至今的軌跡。正因如此，如同：意・奈士比特（Edith Nesbit）與伊妮・布萊敦為兒童的創作，就更加值得重視。兩者都屬多才多藝的英國女性作家，畢生致力於為兒童創作，且作品數量都相當可觀，足具「經典」價值。奈士比特雖為布萊敦的前輩，但兩者皆出生於維多利亞時期，並生活至二十世紀。「活到老，為兒童創作到老」是奈士比特與布萊敦為兒童文學所締造的無可抹滅的貢獻。

後人為紀念伊妮・布萊敦而開闢官方網站（*The Enid Blyton Society*），網站上具有關於作家及其作品的豐富資料。例如，布萊敦從小與父親關係良好，父親教導女兒許多，包括園藝技巧與創意思維。布萊敦與母親的關係則相對複雜，母親重男輕女，允許兩位哥哥們擁有自由時間，卻要求女兒從小幫忙做家事，這點讓身為女性的小布萊敦極不認同。在「魔法樹」系列中，讀者即可見到身為家中長子的喬（Jo）和妹妹們——貝絲（Beth）與芬妮（Frannie）——都得為家園事務盡心盡力，誰都沒有因性別差異而被賦予特權，這或許就是布萊敦在創作中能夠為女性兒童所做的平反正義。[1]

布萊敦自幼喜愛閱讀，從《黑神駒》（*Black Beauty*）、《水孩兒》（*The Water-Babies*）、《小婦人》（*Little Women*），到雜誌刊登的神話與傳說，就連阿圖・梅（Arthur Mee, 1875—1943）編輯的《兒童百科全書》（*The Children's Encyclopedia*）都不放過。[2]在「魔法樹」系列中，布萊敦不正是一直為她滿懷好奇與探險之心的兒童角色出難題，並運用其想像力（不論是藉由遠遠樹上的「奇怪居民」等或是出於兒

1 伊妮・布萊敦官方網站：https://www.enidblytonsociety.co.uk/index.php（擷取日期：2020/2/12）。布萊敦幼時即開始創作詩文，成年後除兒童小說，也寫過兒童雜誌與劇本。讀者有興趣，可自行參閱官方網站，獲取更充足資訊。

童角色本身），培養兒童讀者遭逢困境時，積極思考以解決問題這等重要能力嗎？至於布萊敦最喜愛的童書則為：卡洛爾（Lewis Carroll, 1832—1898）的「愛麗絲」系列故事、貝冷汀（R. M. Ballantyne，1825—1894）的《珊瑚島》（*The Coral Island*），以及百讀不厭，由麥克唐納（George MacDonald, 1824—1905）所著的《公主與哥布林》（*The Princess and the Goblin*）。讀者可有發現布萊敦將哥布林寫入《魔法樹1：遠得要命的遠遠樹》中，書裡還藏有點「愛麗絲」故事的影子（特別是某些脾氣暴躁、不友善的幻物，還有以「平底鍋人」作為代表，所展現的雞同鴨講式無厘頭風格）？

布萊敦不僅承續一些如上簡列的英式兒童奇幻角色與風格，另強調英式禮儀，尤其在衣著上的乾淨整潔。但是，布萊敦就是布萊敦，有著屬於她自己的幻想與創造：魔法森林與一株魔法樹皆不足為奇，特別的是那株高聳入天的魔法樹具有通往各種異世界的想像，以滿足兒童那窮之不盡的好奇心、探險欲望，以及做夢都想要的自由空間與遊戲時光。在J．K．羅琳（J. K. Rowling）的《哈利波特》（*Harry Potter*）出現奇妙糖果之前，身為小讀者的你／妳難道不想要先嚐嚐仙子絲兒所烤的「啪一聲蛋糕」嗎？在騎上魔法掃帚之前，妳／你不想要先試試月亮臉的滑溜溜滑梯嗎？你們不想先與「平底鍋人」講講話，看看他會把你們所說的話重聽成什麼模樣嗎？你們會不會也想要進入「想拿什麼都可以國」呢？喬、貝絲與芬妮還會在魔法森林與魔法樹上遭逢什麼樣的奇遇與險境呢？期待這系列的後續作品吧！

布萊敦官方網站上摘錄作家寫在題為〈詩人〉（The Poet）[3]中的幾句，我想，目前就先以這幾句作結，在「遠得要命的遠遠樹」下，永遠徘徊著為兒童創作，「近得不得了」、貼近兒童心理的作家——布萊敦：

「孩子們那珍貴的心與靈魂哪，繼續歡唱吧！」

"Dear heart And soul of a child, Sing on!"

---

2 這部《兒童百科全書》內容豐沛、題材多元，分為「知識領域」及「實用教學」兩大部分。前者包括歷史、文學與哲思類別等，後者則更出人意表，所謂的「實用教學」乃針對兒童日常可能揣懷的好奇或問／難題，從「如何飼養刺蝟」、「如何清理黏呼呼的海綿」……等，皆有所應答。關於該作家與作品的更多介紹，可參閱：https://www.deakin.edu.au/library/special-collections/collections/mee-encyclopaedia（擷取日期：2020/2/12）。

3 收錄於1919年出版的《詩歌評論》（*The Poetry Review*）。

與遠遠樹上有趣的居民交朋友！

魔幻森林裡有棵神奇的魔法遠遠樹，
不但樹頂會通往各個奇幻國度，
樹上也住了許多有趣的居民喔！一起來認識他們吧！

貝絲、喬、芬妮

這三個孩子時常拜訪住在魔法樹上的朋友們，但樹頂上的奇幻國度實在太危險了，他們總是避免上去樹頂，卻還是不小心捲入奇幻國度刺激的冒險！

月亮臉

有一張又大又圓的臉，看起來就像月亮的居民。月亮臉擁有神奇的魔法，他在遠遠樹上的家中有座「滑溜溜滑梯」。他最愛吃的食物是太妃糖。

絲兒

頭髮如絲般滑順，所以名字叫絲兒。她是一位長相甜美、聰明又善良的小仙子。絲兒烤的「啪一聲蛋糕」非常的美味！

平底鍋人

全身掛滿了平底鍋及熱水壺，平底鍋人不但個性糊裡糊塗，身上的鍋具整天「鏗鏗鏘鏘」敲來敲去，所以他常常聽不清楚其他人說的話。

什麼名字先生

沒有人知道他到底叫什麼名字，連他自己也忘記了。什麼名字先生睡覺時總會發出震耳欲聾的打呼聲，幾乎整棵遠遠樹都聽得見！

憤怒妖精

脾氣不好的憤怒妖精，他最討厭有人從窗戶偷看他的家了！如果你也從窗外偷看，可是會被他用水、湯或墨汁潑得滿身都是喔！

紅松鼠

身手矯健的紅松鼠，他是月亮臉最能幹的幫手，不但能快速爬上遠遠樹，幫大家傳信，還常常幫月亮臉收回滑溜溜滑梯的靠枕。

穀倉貓頭鷹

穀倉貓頭鷹「倉倉」，他總是在白天睡覺，晚上才起床狩獵。若要在魔幻森林附近寄送信件，找穀倉貓頭鷹幫忙一定立刻就會送達！

目錄

1 發現魔幻森林

從前從前有三個小孩，他們的名字叫做喬、貝絲和芬妮。他們從小就住在城市裡，但是現在他們的爸爸在鄉下找到了一份工作，所以全家要用最快的速度搬到鄉下去。

「鄉下一定很好玩！」喬說，「我會認識所有動物和鳥！」

「我可以想摘多少花，就摘多少花！」貝絲說。

「我可以擁有自己的花園。」芬妮說。

搬家的這天到了，孩子們都非常興奮。一輛小卡車開到了家門口，兩位男子幫助爸爸和媽媽把所有行李都搬上卡車。卡車裝滿後便開走了，孩子們穿上外套、戴上帽子，和媽媽一起到車站搭火車。

「我們出發啦！」喬說。

「鄉下、鄉下！」貝絲唱著。

「說不定我們能在鄉下看到小仙子！」芬妮說。

火車鳴笛後，鏗鏘鏗鏘的開出了火車站。孩子們把鼻子壓在窗戶上，看著髒兮兮的房子與煙囪在窗外飛快的往後跑。他們都好討厭城市！現在他們可以在乾淨的鄉下生活了，那裡到處都有鮮花，每個樹叢裡都有鳥在歌唱，多麼美妙啊！

「我們可以在鄉下冒險。」喬說。「鄉下有小溪和山丘，還有大草原和黑森林。喔——一定很棒！」

「鄉下的冒險不會比城市裡的冒險多。」爸爸說。「我敢說，你們到時候一定會覺得很無聊。」

這句話真是大錯特錯。天啊，他們後來遇到的事情一點也不無聊！

他們終於抵達了目的地，一個很小的火車站。一名看起來昏昏欲睡的搬運工人把他們的兩件行李搬到手推車上，說他晚點會替他們把行李送過去。因此，一家人走上彎彎曲曲的鄉間小路，一路高聲聊天。

「不知道我們有沒有自己的花園？」芬妮說。

但還沒走到新家，他們都累壞了，再也說不出一個字。他們的小房子距離車站八公里遠，爸爸沒有錢租車，所以他們只能走過去，孩子們都覺得這段距離好遠、好遠。這裡也沒有公車能載他們過去，所以疲倦的孩子們只能拖著腳步繼續走，他們好希望現在能喝到一杯熱牛奶、躺在一張舒服的床上。

他們終於抵達了新家——我的老天，走了這麼遠都值得了，因為這棟小房子看起來非常溫馨。牆上長著玫瑰——有紅色、白色和粉紅色的玫瑰——前門圍繞著好幾株忍冬花。看起來可愛極了！

載行李的卡車停在門口，兩位男子正把家具一一搬進小房子。爸爸上前幫忙，媽媽則到廚房裡點燃爐灶，替所有人準備熱飲。

他們實在太累了，在喝了牛奶又吃了一些土司之後，就一頭栽進隨意整理過的床上。喬看向窗外，但因為太想睡了，沒有精力仔細欣賞。不到一分鐘，兩個女孩就在自己的小房間裡睡著了，喬則在他那間更小的房間裡也跟著睡著了。

早上醒來時，他們看到陽光從陌生的窗戶照進房裡，這真是有趣的體驗！喬、貝絲和芬妮動作迅速的換好衣服，接著便出門，踏進了小花園裡，在長得好高的野草之間奔跑，鼻子聞到了四處生長的玫瑰花香。

媽媽替他們煮了蛋，他們津津有味的把早餐吃光了。

「鄉下真棒！」喬一邊說，一邊看向窗戶外面一座遙遠的山丘。

「我們可以在花園裡種菜。」貝絲說。

「在附近散步一定很舒服。」芬妮說。

這天大家分工合作，把小房子整理得乾淨又整齊。爸爸明天就要去工作了。媽媽希望附近的人能給她一些洗衣服的工作，讓她賺一些錢、買幾隻母雞，那就太好了！

「我可以每天早上和晚上去蒐集雞蛋。」芬妮快樂的說。

「我們去外面看看這附近有什麼東西吧。」喬說。「媽媽，可以讓我們休息一小時嗎？」

「可以，快去吧。」媽媽說。因此，三個孩子走出了新家，穿越小小的白色前門柵欄，跑到小路上。

他們在房子周圍四處探索。他們跑過了長滿粉紅色小花的田野，上面有好多蜜蜂。他們越過了棕色小溪，溪水在陽光下嘩嘩流過，岸邊長了許多柳樹。

接著，他們突然走到了一片森林前。森林距離他們的小房子並不遠，就在新家後面而已。這座森林看起來就像普通的森林，不過樹木的顏色比一般森林的樹木還要更深、更綠。在森林與雜草叢生的小路之間，有一條窄窄的凹溝。

「是森林！」貝絲愉快的說。「我們以後可以來這裡野餐。」

「這個森林看起來很神祕。」喬深思熟慮的說。「妳覺得呢？」

「這裡的樹木比較茂密，但是看起來和其他森林一樣。」貝絲說。

「我覺得不一樣。」芬妮說。「這些葉子的聲音不一樣。你們聽！」

他們認真傾聽——芬妮說的是真的，這座森林的葉子發出的聲音和其他森林不一樣。

「聽起來就像它們彼此在對話。」貝絲說。「像是在小聲說著祕密——是我們聽不懂、真正的祕密。」

「這是一座魔法森林！」芬妮突然說。

他們陷入了沉默，只是站在那裡傾聽。森林裡的樹木一邊友善的向彼此彎腰，一邊說著：「嘩唰、嘩唰、嘩唰、嘩唰、嘩唰！」

「森林裡可能會有小仙子。」貝絲說。「要不要跳過這條凹溝，去森林裡看看？」

「不行。」喬說。「我們可能會迷路。進去這種大森林之前，要先弄清楚附近的路。」

「喬！貝絲！芬妮！」這時，他們突然聽見媽媽的聲音從不遠處的小屋子裡傳來。「午餐時間到了，吃午餐了！」

孩子們立刻發現自己餓了。他們忘掉了這座神祕的森林，跑回新家。媽媽準備了新鮮麵包和草莓果醬，他們一起吃掉了一整條麵包。

爸爸在他們吃完午餐後回到家。他替媽媽到五公里外的小鎮上買東西，現在又餓又累。

「爸爸，我們把附近都探索一遍了！」貝絲替爸爸倒了一杯茶。

「我們找到了一座可愛的森林。」喬說。「森林裡的樹好像在彼此對話呢，爸爸。」

「你們看到的森林一定就是我今天下午聽說的那座森林。」爸爸說。「孩子們，這座森林有個奇怪的名字。」

「什麼名字？」喬問。

「他們稱這座森林為魔幻森林。」爸爸說。「他們會盡量避免進去那座森林。在現代還有這種事可真是有趣，我不認為那座森林真的有什麼古怪的地方。但你們還是要小心，不要走到森林深處，以免迷路。」

孩子們興奮的看向彼此。魔幻森林！這個名字真好玩！

三個孩子都偷偷想著同樣一件事：「只要有機會，要立刻進去魔幻森林裡探索！」

爸爸吃完飯後，要孩子們去整理長滿雜草的花園。喬負責把粗壯的薊草拔起來，兩個女孩負責替亂糟糟的菜園除草。他們一邊整理花園，一邊歡樂的聊天。

「魔幻森林！我們猜對了，那座森林真的有魔法！」

「我猜裡面一定住著小仙子！」芬妮說。

「只要一有機會，我們就快點進森林裡探索！」貝絲高聲說。「我們要弄清楚這些樹在說什麼悄悄話！我們要在這幾週內找出這座森林的祕密！」

晚上睡覺前，三個孩子一起站在窗前，看向小屋子後面那座不斷說著悄悄話又黑暗的森林。他們會在魔幻森林裡找到什麼呢？

2 魔幻森林的魔法精靈

三個孩子一直到下週才有機會走進魔幻森林，因為他們要幫媽媽和爸爸的忙。他們要把花園整理整齊、要把廚房的餐具從行李箱裡拿出來放好，還有一大堆清掃工作要做。

有時喬會有空閒時間自己出去玩。有時又是女孩們有時間出去散步，但同時喬卻在忙別的事。他們都不想要丟下其他人自己進森林，只能等三個人都有空的時候。他們等呀等，機會終於來了。

「你們今天可以在外面吃午餐。」媽媽說。「你們這幾天都很用心幫忙，所以獎勵你們在外面野餐。我會替你們準備一些三明治，你們可以帶一些好喝的新鮮牛奶去。」

「我們可以去森林了！」貝絲悄悄對另外兩個孩子說。三個孩子的心臟都跳得好快，一臉興奮的幫忙媽媽把野餐的食物放進大籃子裡。

他們出發前往森林。新家的後花園底部有一個小小的柵欄門，可以通往森林前面那條雜草叢生的小路。他們打開柵欄門的門栓，站在小路上。從這裡可以看見森林的樹木，也能聽見那些樹木的奇妙對話聲：「嘩唰、嘩唰、嘩唰、嘩唰、嘩唰！」

「我覺得好像有一場冒險正等著我們。」喬說。「走吧！一起跨過那條凹溝——走進魔幻森林裡！」

孩子們一個接著一個跳過窄窄的凹溝。他們站在樹下往樹林裡瞧。細碎的陽光灑落在地面上，但因為樹木很茂密，所以灑進來的光線不多。森林裡又暗又綠，旁邊有一隻小小鳥正重複唱著一首奇怪的短歌。

「森林裡真的有魔法！」芬妮突然出聲。「我能感覺到裡面的魔法，貝絲，妳有感覺到嗎？喬，你呢？」

「有。」兩個孩子回答，他們的眼中閃爍著興奮的光芒。「走吧！」

三個人沿著一條綠色的小路往前走，這條小路又小又窄，像是專門為兔子打造的。

「我們不應該走太遠。」喬說。「最好等到更熟悉這裡的小路後，再往森林深處走。女孩們，我們先找個地方坐下來吃三明治吧。」

「這裡有一些野草莓！」貝絲高聲說著，接著蹲下來、撥開幾片漂亮的葉子，讓另外兩個孩子看看葉子下面的深紅色草莓。

「我們可以採一些草莓，配著野餐的食物吃。」芬妮說。他們認真的採集起來，很快就摘了足夠的草莓。

「我們去坐在那邊那棵老橡樹下面吧。」喬說。「樹下長滿了軟軟的青苔。坐在那裡的感覺一定就像坐在綠色絨布靠枕上。」

他們在橡樹下坐了下來，拿出三明治，很快就開始一邊快樂的大口吃午餐，一邊傾聽深綠色的樹葉重複說著：「嘩唰、嘩唰。」

在野餐途中，他們看到了非常奇特的景象。第一個注意到這個景象的是芬妮。

不遠處有一片寬敞的綠色草地。芬妮看向草地時，注意到草地上出現了一些突起的腫塊。她訝異的盯著草地。那些腫塊正在變大。總共有六個腫塊向上升起，然後這些腫塊都破了。

「快看，」芬妮輕聲說著，伸手指向那片草地，「那裡是怎麼回事？」

他們靜靜的盯著草地。接著看清楚了那是什麼東西。六個巨大的蘑菇從土中迅速長了出來，穩定升起。

「我從來沒有見過這種事！」喬震驚的說。

「噓！」貝絲說。「別出聲。我聽到腳步聲。」

另外兩個孩子仔細傾聽，的確有腳步聲和尖細的聲音傳來。

「我們可以躲到這個樹叢後面，快點。」貝絲突然說。「無論誰正在往這裡走，看到我們時一定都會嚇一跳。現在正發生魔法事件，我們絕不想錯過！」

他們立刻站起身，帶著籃子安靜的躲到一個濃密的樹叢後面。他們躲起來的時間點正好，

貝絲才剛蹲下來把樹叢的葉子撥開一個能偷看的小洞，立刻就有好幾名留著長鬍子的矮小男子冒出地面！

「是精靈！」喬輕聲說。

精靈向蘑菇走去，一一坐在蘑菇上。他們正在聚會。其中一位精靈出現時拿著一個袋子，他把袋子放在蘑菇後方。孩子們聽不清楚他們的談話內容，但能隱約聽見說話聲，偶爾能聽到一、兩個字。

這時，喬突然用手肘推了推貝絲和芬妮。他注意到一件事。女孩們也注意到了。一個長相醜陋、看起來像是地精的傢伙正躡手躡腳的接近舉辦聚會的蘑菇。但沒有任何一個精靈看到或者聽到他正在靠近。

「他想偷拿那個袋子！」喬輕聲說。他的確想偷袋子！他伸出一隻長長的手臂，用骨瘦如柴的手指抓住袋子，慢慢把袋子往灌木下面拖。

喬挺身而出。他可不會眼睜睜看著面前有人的東西被偷，卻默不做聲。他大聲喊：「小偷，不准動！喂，小心你們背後的地精！」

精靈們全都嚇得跳了起來。地精立刻跳起身，抓著袋子一溜煙的跑走了。精靈們絕望的盯著他的背影，沒有任何一位精靈追上去。搶匪往孩子們的樹叢跑去，他不知道孩子們在樹叢裡。

喬快如閃電的伸出一隻腳，絆倒了飛奔的地精。地精「碰」的一聲跌倒，袋子從手中飛了出去！貝絲撿起袋子，丟回去給依然震驚的站在蘑菇旁的精靈們。喬試圖抓住地精——但地精已經像敏捷的鳥，站起來跑走了。

孩子們緊追在後方。他們在樹林間穿梭，東閃西躲，最後只看到地精跳起來抓住一棵大樹的低枝，爬了上去、躲進樹葉之間。孩子們氣喘吁吁的坐在樹下。

「我們困住他了！」喬說。「他只要下來就會被抓住！」

「精靈們來了。」貝絲擦了擦前額的汗。留著鬍子的矮小男子一路跑過來，接著向他們鞠躬。

「你們對我們真好。」最大的精靈說。「謝謝你們救回了我們的袋子。袋子裡有對我們來說很珍貴的文件。」

「我們也困住那隻地精了。」喬指著頭頂上的樹葉說。「他在這上面。只要圍著樹耐心等待，就可以在他下來時抓住他。」

但精靈們不願意靠近那棵樹。他們看起來似乎有些害怕那棵樹。

「他想要在上面待多久都可以。」最大的精靈說。「這是世界上最古老、魔法最強大的一棵樹。這是遠遠樹。」

「遠遠樹！」貝絲訝異的說。「這個名字真奇怪！為什麼你們要叫它遠遠樹？」

「這是一棵很怪異的樹。」另一名精靈說。「樹頂能通往很遠很遠的地方，我們也不知道原因。有時頂端的樹枝可能會通往女巫王國，有時候則通往美好的國度，有時候又是從來沒人聽說過的怪異地區。我們絕不會爬上去，因為我們永遠也不知道樹頂會有什麼！」

「真是太奇妙了！」孩子們說。

「地精已經跑到樹頂今天通往的地方了。」最大的精靈說。「他有可能會在那裡住上好幾個月，再也不會下來。在這裡等他沒有用，追在他後面更沒用。他的名字叫躡躡，因為他總是躡手躡腳。」

孩子們仰頭看向寬闊茂密的枝葉。他們興奮極了。魔幻森林裡的遠遠樹！喔，光是名字聽起來就充滿了魔法！

「要是我們可以爬上去就好了！」喬渴望的說。

「你們絕對不能爬上去。」精靈立刻說。「那麼做很危險。你們該走了——但我們很感謝你們的幫助。如果你們需要我們的幫助，只要到魔幻森林裡，在蘑菇不遠處的那棵橡樹底下吹七聲口哨就可以了。」

「謝謝你們。」孩子們說完後，目送六位矮小的精靈跑進了樹林之間。喬覺得是時候回家了，因此他們沿著矮小精靈離開的綠色小徑，直到抵達熟悉的那片林地。他們撿起自己的籃子往家裡走，每個人的念頭都一模一樣：

「我們一定要爬上遠遠樹，看看樹頂上有什麼東西！」

3 爬上遠遠樹探險

孩子們沒有告訴爸媽他們在魔幻森林裡遇到的事，他們擔心爸媽知道了，會禁止他們再次進入森林。但每當四下無人，只剩下他們三個人時，討論的永遠都是魔幻森林。

「你們覺得，我們什麼時候才能上去遠遠樹呢？」芬妮一直問。「喔，喬，我們快去遠遠樹吧。」

喬也非常非常想要去遠遠樹，但他有些害怕爬上樹之後會發生意外，而且他很清楚，自己應該要負責照顧兩個妹妹，不能讓她們受傷。要是三個人上去遠遠樹之後再也回不來，該有多可怕！

接著他想到了一個主意。「聽我說，」他說，「我知道該怎麼做了。我們之後爬到樹上，用眼睛看看樹上有什麼就好！不需要真的去別的地方，我們可以看一看就好。等到之後有一整天的時間可以出去玩，我們再去遠遠樹頂端的國度。」

女孩們興奮得不得了。她們在家裡認真幫忙家務，希望媽媽能給他們一整天的時間出去玩。喬在花園幫忙時也非常努力，他拔掉了所有雜草。爸爸和媽媽都非常滿意。

「你們想去附近城鎮玩一天嗎？」媽媽終於這麼問他們。

「謝謝妳，我們不想去城鎮。」喬立刻回答。「媽媽，我們已經受夠城鎮了，其實我們比較想要去森林裡野餐！」

「沒問題。」媽媽說。「你們明天就可以去。爸爸明天會去買一些必需品。我會在小屋裡處理家務，所以不會離森林太遠，只要天氣晴朗，你們就可以帶上午餐和晚餐去森林裡玩。」

他們滿心期待明天會是好天氣！隔天一大清早他們就醒過來、跳下床、拉開窗簾向外看。天空就像忘憂花一樣湛藍。太陽照耀在樹木間，長長的影子輕柔的落在草地上。花園後的魔幻森林顯得既黑暗又神祕。

他們吃了早餐，媽媽準備了三明治和三塊蛋糕放進袋子裡。她請喬到花園裡摘幾顆李子，要貝絲拿兩罐檸檬汁。孩子們都興奮無比。

爸爸出發去城鎮時，孩子們都站在柵欄門邊和他揮手道別。接著他們衝進家裡，拿好裝了食物的袋子。向媽媽說了再見之後，他們關上小屋的門。啊，早上的空氣充滿了冒險的味道呢！

「喬和貝絲還有我，
上遠遠樹探險囉！」芬妮大聲唱著。

「噓！」喬說。「我們離魔幻森林很近，但我們可不希望別人知道我們要去森林裡。」

他們跑到後花園底部，穿越小柵欄門。他們安靜的站在雜草叢生的窄小道路上看了看彼此。這是他們這輩子首次出發去冒險呢！他們將會見到什麼景象？又會遇到什麼事呢？

他們跳過凹溝，走進森林裡。進入森林的那瞬間，就感受到了不一樣的氣氛。魔法正圍繞在周圍。小鳥的歌聲聽起來非常不同。樹木再次向彼此竊竊私語：「嘩唰、嘩唰、嘩唰、嘩唰！」

「哇喔——」芬妮一邊說，一邊愉快的打了個顫。

「走吧，」喬沿著綠色小徑走，「我們去找遠遠樹。」

她們跟著喬走。喬走呀走，直到抵達了之前曾坐下來野餐的橡樹下。旁邊的六個蘑菇依然在那裡，精靈曾坐在那些蘑菇上舉行會議，不過如今，那些蘑菇變成棕色的，看起來老了。

「現在該往哪邊走呢？」貝絲停下腳步詢問。他們都不知道該往哪邊走。他們沿著一條小路向前，但很快就走到了一個奇怪的地方，這裡的樹木靠得非常近，他們無法繼續往前，只能停下來，接著又走回橡樹底下。

「換走這邊試試看。」貝絲說。他們往另一個不同的方向出發。但這次走到了一個奇妙的池塘前，裡面的水是淺黃色的，像奶油一樣閃閃發亮。貝絲不喜歡這個池塘，三個人再一次走回橡樹下。

「真是太糟糕了。」芬妮說，她已經快哭出來了。「我們好不容易有一整天可以出來玩，卻找不到那棵樹。」

「我知道該怎麼做了。」喬突然說。「我們可以找那些精靈啊。還記得他們說過，會在我們需要的時候幫助我們吧？」

「對呀！」芬妮說。「我們可以在這棵橡樹下吹七聲口哨！」

「快，喬，快吹口哨。」貝絲說。喬站在老橡樹茂密的枝葉下，大聲吹了七聲口哨，「嗶、嗶、嗶、嗶、嗶、嗶、嗶！」

孩子們等了又等。半分鐘後，一隻兔子從旁邊的兔子洞裡冒出頭來瞪著他們。

「你們找誰？」兔子生氣的說。

孩子們訝異的盯著兔子。他們從來沒聽說過哪種動物會說話。兔子把耳朵豎起來又垂下去，憤怒的再次開口。

「你們聾啦？我剛剛說你們要找誰？」

「我們要找一位精靈。」喬終於找回了自己的聲音。

兔子轉過身，向洞裡大

叫：「鬍子先生！鬍子先生！有人要找你！」

洞裡傳來一陣高聲回應，接著六位精靈中的其中一位擠出了兔子洞，看著孩子們。

「抱歉讓你們久等了。」他說。「其中一隻兔寶寶得了麻疹，我剛剛下去看看他的情況。」

「我以為兔子不會得麻疹。」貝絲驚奇的說。

「他們常常得麻疹。」鬍子先生說。「對兔子來說，麻疹可比黃鼠狼還要常見呢！」

他似乎覺得自己說了什麼好笑的笑話般大笑起來，但是孩子們不知道黃鼠狼是會抓住兔子的凶猛小動物，所以他們沒有笑。

「我們想請問你遠遠樹怎麼走。」貝絲說。「我們忘記怎麼去了。」

「我可以帶你們去。」鬍子先生說。他的名字真適合他，因為他的鬍子一直留到了腳趾那麼長。有時候他會因為踩到鬍子而猛然用力低頭。貝絲一直很想笑，但是她覺得自己不該笑。她想著，真不知道鬍子先生為什麼不把鬍子綁在腰上，避免踩到。

鬍子先生帶領他們在陰暗的樹林間向前走。最後終於抵達了巨大的遠遠樹底下。

「到了！」他說。「你們今天是來等人從遠遠樹下來嗎？」

「喔，不是。」喬說。「我們想要上去遠遠樹。」

「你們要上去！」鬍子先生害怕的說。「別傻了。上面很危險。你們不知道樹上有什麼。遠遠樹幾乎每天都會通往不一樣的地方！」

「總之我們就是要上去。」喬堅定的說。他把腳踏在遠遠樹巨大的樹幹上，抓住頭上的一根樹枝。「女孩們，走吧！」

「我要去叫其他兄弟把你們帶下來。」鬍子先生嚇壞了，他一邊跑遠一邊大叫：「這實在太危險啦！太危險啦！」

「你們覺得上去遠遠樹真的安全嗎？」貝絲問，她通常是三個孩子中比較理智的那一個。

「貝絲，走了！」喬不耐煩的說。「我們只是要看看樹頂有什麼東西而已！別像個三歲小孩一樣怕東怕西！」

「我才不是三歲小孩。」貝絲說，接著她和芬妮一起爬到了喬的身邊。「遠遠樹看起來不會太難爬，我們應該很快就能抵達樹頂了。」

但是我們很快就會發現，事情沒有他們想像的那麼簡單！

4 遠遠樹上的奇妙居民

沒多久，孩子們便在往上爬了一段之後躲進了枝葉之間。鬍子先生帶著另外五位精靈趕到時，孩子們都消失得無影無蹤了。

「嘿，快下來！」精靈們一邊大喊，一邊繞著樹幹跳躍。「你們會被抓走或者迷路的。這棵樹很危險！」

喬笑著向下偷看。附近的遠遠樹枝椏上長了好多顆橡實，喬摘下一顆往下丟。那顆橡實正好丟中了鬍子先生的帽子，鬍子先生一溜煙的跑走了，一邊大喊著：「啊，我被打中了！我被打中了！」

接著四周變得很安靜。「他們走了。」喬大笑著說。「這些小精靈真有趣，我想他們一點也不喜歡橡實雨！女孩們，走吧！」

「既然遠遠樹會長橡實，那它一定是橡樹。」貝絲一邊爬樹一邊說。但話才說完，她就驚訝的看到一旁的樹枝上長著一顆刺刺的栗子，裡面還有堅果呢！

「天呀！」她說。「這裡有七葉樹的栗子呢，這棵樹真奇妙！」

「希望更高的地方會長出蘋果和梨子。」芬妮咯咯笑著說。「這是我見過最特別的樹了！」

他們很快就爬到了更高的地方。喬撥開樹葉往外看，驚異的發現他們已經比樹林裡最高的樹還要高得多了。他和女孩們向下看著其他樹的樹頂，看起來就像一片寬廣的綠色地毯。

喬爬得比女孩們還要高。他突然大喊：「天啊，女孩們！快點，快上來這裡！我發現了奇怪的東西！」

貝絲和芬妮迅速的往上爬。

「唉呀，樹上有一扇窗戶！」貝絲震驚的說。他們一起往窗內偷看，這時窗戶突然被用力打開，裡面出現了一張憤怒的小臉，頭上戴著一頂睡帽。

「沒禮貌的小東西！」這名看起來像是妖精的矮小男人氣憤的大喊。「每個爬樹的人都偷看我！不管我在做什麼都有人偷看！」

孩子們驚訝得呆住了，只能盯著他看。妖精消失在窗內，再次出現時拿著一罐水。他把水往貝絲潑去，貝絲尖叫一聲，淋得一身溼。

「下次別再偷看其他人的家裡了。」妖精笑著說完，便用力甩上窗戶、拉緊窗簾。

「喔！」貝絲拿手帕努力把身上的水擦乾。「這位妖精真是粗魯！」

「等一下經過其他窗戶時，最好別再偷看了。」喬說。「但是在樹幹上看到窗戶實在太讓我驚訝了！」

貝絲很快就把水擦乾了。他們繼續往上爬，很快就遇到了另一個驚喜。他們爬上一根

好寬的樹枝，樹枝底端連接的樹幹上有一扇漂亮的黃色小門。門上有個小巧的門環和擦得晶亮的門鐘。三個孩子都盯著門看。

「不知道是誰住在這裡？」芬妮說。

「要不要敲敲門，一探究竟呢？」喬說。

「這個嘛，我可不想又被潑得滿身是水。」貝絲說。

「我們可以在搖了門鐘之後躲到樹枝後面。」喬說。「就算有人想要潑水，也找不到我們。」

喬搖響了門鐘，然後他們全都小心翼翼的躲到一根大樹枝後面。門裡面傳出了一道聲音。

「我在洗頭！搖鐘的如果是肉販，請給我一磅香腸！」

孩子們看了看彼此，接著哈哈大笑。聽到有肉販會上來遠遠樹實在是一件很怪異的事。那道聲音又喊道：「搖鐘的如果是賣油郎，我什麼都不需要。搖鐘的如果是紅龍，請下個星期再來！」

「我的天啊！」貝絲有一點害怕。「紅龍！聽起來很嚇人！」

這時黃色的門打開了，一位小仙子走了出來。她的頭髮鬆散的垂落在肩膀上，正逐漸變乾，她拿著毛巾擦拭頭髮。小仙子看向正在偷看的三個孩子。

「敲鐘的是你們嗎？」她問。「你們有什麼事？」

「我們只是想看看是誰住在這個有趣的小樹屋裡。」喬看向樹幹中的陰暗房間。小仙子微微一笑，她笑起來很甜美。

「你們可以進來坐坐呀。」她說。「我的名字叫做絲兒，因為我的頭髮像絲一樣滑順。你們要去哪裡？」

「我們要爬到遠遠樹的樹頂，看看上面有什麼。」喬說。

「你們要小心喔，可別碰到什麼可怕的事情了。」絲兒一邊說，一邊從陰暗的小樹屋裡拿椅子給每個人。「有時候樹頂會通往讓人開心的地方，但有時候又會通往奇怪的國度。上個星期樹頂通往的國度是單腳跳跳之國，那裡糟糕透頂。一旦進入單腳跳之國，就必須不斷用一隻腳跳躍，那裡的所有東西都一直在單腳跳，就連樹也一樣。沒有東西能靜止不動。簡直累死人了。」

「聽起來真好玩。」貝絲說。「喬，我們的食物呢？請絲兒吃一些吧。」

絲兒很開心。她坐在旁邊，一邊梳理美麗的金髮，一邊和孩子們一起吃三明治。她拿出了一盤美味的「啪一聲麵包」。當你一口咬下麵包的時候，麵包會在嘴裡「啪！」一聲爆開，接著就會發現嘴裡充滿了麵包中間的新鮮蜂蜜。芬妮一塊接著一塊，總共吃了七塊麵包，因為她很貪吃。貝絲制止了她。

「再吃下去，等一下啪一聲爆開的就會是妳了！」她說。

「住在這棵樹上的人多嗎？」喬問。

「很多。」絲兒說。「他們會搬進搬出，你懂吧。但我一直都住在這裡，下面的『憤怒妖精』也一直住在樹上。」

「我們剛剛見過他了！」貝絲說。「還有誰住在這裡呢？」

「還有『什麼名字先生』住在更上面一點。」絲兒說。「沒人知道他叫什麼名字，他自己也不知道自己的名字，所以我們都叫他『什麼名字先生』。他睡著的時候千萬別吵醒他，他會追著你跑。此外，還有『洗多多夫人』。她總是在洗東西，當她把水從樹上往下倒的時候，要特別小心瀑布！」

「這棵樹真是太好玩、太刺激了。」貝絲吃完了她的麵包。「喬，我覺得我們該出發了，否則永遠也到不了樹頂。再見了，絲兒。我們之後還會再來找妳的。」

「一定要來喔。」絲兒說。

「我希望能跟你們當好朋友。」

他們離開了樹幹裡的溫馨圓形小屋，再次往上爬。沒多久，他們聽到了一陣詭異的聲音，就像一架飛機正轟隆隆的經過。

「但是這棵樹上不可能有飛機呀！」喬說。他四處看了一圈，然後看到了是什麼東西在發出聲音。在一根寬大的樹枝上，有一名滑稽的老地精正坐在搖椅上、緊閉雙眼，還發出好大的打呼聲！

「是『什麼名字先生』！」貝絲說。「他的打呼聲真大！我

們要小心，別吵醒他了！」

「要不要放一顆櫻桃在他嘴裡，看看會發生什麼事？」喬總是想做淘氣的事。現在遠遠樹上到處長滿櫻桃，有好多櫻桃可以摘。

「不可以，喬，不可以！」貝絲說。「絲兒剛剛說過了，他可能會追著我們跑，你也聽見啦。難道你想從遠遠樹上摔下去，一邊墜落，一邊撞上好多根樹枝嗎？我可不想！」

他們躡手躡腳的經過什麼名字先生，繼續往上爬呀爬。有好長一段時間什麼事都沒有發生，只有風不斷吹過遠遠樹。孩子們沒有再經過樹幹裡的房子或者窗戶，接著傳來一道聲音，聽起來十分奇特。

他們仔細傾聽。聽起來像是瀑布，這時喬突然猜到這是什麼聲音。

「是洗多多夫人在倒髒水！」他大喊。「貝絲，小心啊！芬妮，小心啊！」

好多好多藍色肥皂泡泡水從樹幹上沖了下來。喬躲過了，芬妮溜到一根寬大的樹枝下，但可憐的貝絲從頭到腳都淋溼了，她大聲尖叫！

喬和芬妮把手帕都借給了貝絲。「真倒楣！」貝絲嘆氣。「我今天已經被淋溼兩次了！」

他們繼續往上爬，經過了更多小門和窗戶，但沒有見到任何人，最後終於看到上方有一朵龐大的白雲。

「妳們看！」喬驚異的說。「雲上面有個洞，樹枝從洞口往上長，我覺得我們已經抵達樹頂了！要不要從雲中的洞溜上去，看一看上面是什麼地方呢？」

「當然要！」貝絲和芬妮大叫。他們就這麼爬了上去。

5 讓人暈頭轉向的旋轉木馬國

遠遠樹的樹頂有一根傾斜向上的寬大樹枝。喬爬到樹枝上往下看，但他什麼也看不到，因為下方瀰漫著白色濃霧。頭頂上是一片厚重的龐大白雲，中間有一個紫色的洞，遠遠樹最頂端的樹枝伸進了那個洞裡，消失在其中。

孩子們都覺得無比興奮。他們終於抵達樹頂了。喬小心翼翼的爬上最上面的一根樹枝，消失在紫色的洞裡。貝絲和芬妮跟在後面。

樹枝的尖端有一個小梯子，穿過了雲層。孩子們爬上梯子——他們還來不及弄清楚發生了什麼事，就突然發現有陽光照在身上，他們抵達了一個非常奇怪的新國度。

他們站在綠色的草地上。頭頂上是一片藍天。遠處的某個地方正在放音樂，不斷、不斷、不斷重複的音樂。

「喬，這個音樂是旋轉木馬會放的音樂。」貝絲說。「對嗎？」

的確是——接著，整片土地在毫無預警的狀況下突然旋轉了起來！因為旋轉得太突然，孩子們差點就跌倒了。

「發生什麼事了？」貝絲嚇了一跳。他們覺得頭很暈，因為樹木、遠處的房子、山坡和樹叢都開始轉圈了。腳下的草地也在轉圈，因此他們也跟著轉圈。他們看向雲中的那個洞，但是洞已經消失了。

「整片土地都像旋轉木馬一樣不斷旋轉！」喬因為頭暈而閉上眼睛。「雲上的洞已經轉走了，我們沒辦法知道遠遠樹頂的樹枝跑去哪裡了。一定在這片土地下，但是天知道在哪裡！」

「喬！我們要怎麼回家呢？」芬妮害怕的大叫。

「我們可以請其他人幫忙。」喬說。

他們開始向前走，遠離原本站立的那一塊綠色草地。貝絲注意到他們站立的地方有一圈草的顏色比旁邊還要深。但是她沒有時間提起這件事，因為光是要在這片像旋轉木馬一樣不斷旋轉的土地上好好走路，就是一件非常困難的事情！

彷彿手風琴聲的音樂不斷播放、不斷播放。喬很好奇音樂到底是從哪裡來的，還有，是什麼機器在旋轉這個奇怪的旋轉木馬國。

他們很快就遇到了一位看著書、大聲唱歌的高個子男人。喬攔下他，但他卻繼續唱歌，非常煩人。

「嘿——滾過來，哈——滾過去，轉呀轉呀轉！」男子大聲歌唱，喬則在一旁試著引起他的注意。

「我們要怎麼離開這個地方？」喬吼叫。

「不要打斷我，嘿——滾過來，哈——滾過去！」男子唱著歌，用手指打節拍。喬抓住男子瘦巴巴的手指，再次大吼：「要往哪邊走才能離開這裡？這裡又是什麼地方？」

「你害我忘記剛剛唱到哪裡了。」高個子男人怒氣沖沖的說。「我要再重新唱一遍。」

「請問這裡是什麼地方？」芬妮問。

「這裡是旋轉木馬國。」高個子男人說。「我覺得任何人都能猜到這裡是哪裡。妳沒辦法離開這裡。旋轉木馬國總是在轉呀轉，只有在藍月出現時才會停下來。」

「我們爬上來的時候一定剛出現藍月！」喬抱怨道。「當時這裡沒有在旋轉。」

男人慢慢走遠，一邊走一邊大聲唱著：「嘿——滾過來，哈——滾過去，轉呀轉呀轉。」

「愚蠢的轉呀轉！」芬妮說。「說真的，我們好像常常遇到特別奇怪的人呢！」

「我擔心的是該怎麼回家。」貝絲說。「如果離家太久，媽媽一定會擔心的。喬，我們該怎麼辦？」

「先坐到這棵樹下，吃一點東西吧。」喬說。他們坐了下來，在凝重的氣氛中吃起麵包，耳中一直聽著旋轉木馬的音樂，雙眼則看著天空下，遠處的山丘和樹木不斷旋轉。這一切都怪異極了。

沒多久，兩隻兔子突然冒出來，盯著孩子們看。芬妮最喜歡動物了，她丟一點麵包給兔子。接著讓她驚訝的事發生了，一隻兔子用前爪撿起麵包吃了起來，就像一隻猴子。

「謝啦！」兔子說。「草吃多了也該換換口味！你們是從哪裡來的？我們從來沒見過你們呢，還以為已經認識這裡的每個人了。從沒有新成員來過旋轉木馬國。」

「也從來沒有人能離開這裡。」另一隻兔子對芬妮笑著

說，他也用前爪拿起了一些麵包。

「真的嗎？」貝絲緊張的問。「我們是新來的，大概一個小時之前才到這裡。我們是從遠遠樹上來的。」

「什麼！」兩隻兔子立刻大叫，他們驚訝的豎起了長長的耳朵。「妳是說從遠遠樹上來的嗎？天呀，難道遠遠樹現在通往這裡嗎？」

「沒錯，就是這樣。」貝絲說。「但我想，這片土地一直轉呀轉，遠遠樹頂的樹枝可能在地下任何地方，我們沒辦法找出樹枝在哪。」

「喔，我們有辦法！」第一隻兔子激動的說。「如果向下挖一段距離，掘出一個洞，就能看到遠遠樹在下方什麼位置，我們可以等這片土地重新旋轉一圈，再次轉到樹枝上面。」

「我們從樹枝爬上來的時候，腳下那片草地的顏色比旁邊的草地還要更深。」貝絲說。「我剛才有注意到這點。你覺得旋轉木馬國轉一圈之後，會回到原本的地方，讓我們能回到遠遠樹頂端的樹枝上嗎？」

「當然會囉！」兔子們說。「我們可以從深綠色的草地向下挖，這很簡單，只要等這片土地再次轉回樹上就可以了。快走吧，別浪費時間了！」

他們全都跳起來，跑向之前的那片草地。貝絲還記得路，兔子也很熟悉這裡。他們很快就回到了原本那塊深綠色草地上。現在地面沒有通向雲朵以及樹木的開口。開口已經不見了。

兔子立刻迅速挖洞，很快就找到了孩子們爬上來的梯子。接著又把洞挖得更大、更大，讓孩子們能看到土地下面正不斷旋轉的白色雲朵。

「目前什麼都沒有。」第一隻兔子一邊說，一邊拿出手帕擦拭自己髒兮兮的前爪。「我們要等一下。希望旋轉木馬國不會因為轉得太遠，直接錯過遠遠樹！」

旋轉木馬的音樂不停、不停的播放，接著音樂突然慢了下來。其中一隻兔子從洞口下方往旁邊看了一眼，然後大叫出聲。

「旋轉木馬國停止旋轉了！而且遠遠樹就在旁邊，但是我們摸不到樹枝！」

孩子們看向梯子下方的雲，清楚看到了遠遠樹就在不遠處，但是還沒有近到能夠跳過去。這下子該怎麼辦才好？

「千萬別跳過去。」兔子們警告。「否則你會從雲朵間摔下去的。」

「那要怎麼辦呢？」貝絲絕望的問。「我們一定要在旋轉木馬國重新開始旋轉之前回到樹上才行！」

「我有繩子。」其中一隻兔子突然說，他把手放進大口袋裡，拉出一條黃繩子，把繩子的一端綁成一個繩圈，謹慎的往最頂端的樹枝扔過去。繩圈成功套住了樹枝！太棒了！

「芬妮，妳先順著繩子滑下去。」喬說。「我會抓住繩子這端。」

芬妮害怕的順著黃繩子向樹頂滑過去——就在她抵達樹枝時，旋轉木馬的音樂變得又快又大聲，旋轉木馬國開始轉動了！

「快點！快點！」芬妮大喊，旋轉木馬國的土地逐漸接近遠遠樹。「快跳！快跳！」

他們一躍而下，兔子也跟在後面跳了下去。旋轉木馬國轉了過去。一朵巨大的白色雲朵遮蓋住所有事物。孩子們和兔子都緊緊抓著最頂端的樹枝，他們看著彼此。

「我們簡直像樹上的猴子。」喬說。他們全都哈哈大笑。「我的天啊，這場冒險棒極了！但我們以後還是不要爬上遠遠樹比較好。」

但你一定能猜到，他們之後又爬上了遠遠樹好多次！

6 月亮臉與滑溜溜滑梯

孩子們緊緊抱著遠遠樹最頂端的樹枝，兔子們則稍微往下滑了一點點。旋轉木馬國在頭上旋轉，他們依然能聽見旋轉木馬的音樂。

「最好趕快回家。」喬靜靜的說。「這趟冒險太過刺激了。」

「我們走吧。」貝絲開始往下爬。「往下爬會比往上爬容易很多。」

但芬妮覺得好累好累，緊緊抱著樹枝開始哭泣。她是三個孩子中年紀最小的，沒有喬和貝絲那麼強壯。

「我一定會掉下去。」她哭著說。「我知道我一定會掉下去。」

喬和貝絲緊張的看著彼此。掉下去可不是件好事，這裡離地面還有好遠的距離呢！

「親愛的芬妮，妳一定要試著努力往下爬！」喬溫柔的說。「我們要一起安全回家。」

但芬妮繼續緊抱著樹枝，大聲哭泣。兩隻兔子看著她，覺得沮喪極了。其中一隻兔子把前爪放在她的頭上，說：「我會幫妳的。」

但芬妮不想接受幫忙。她累壞了，任何東西都讓她感到害怕。她的哭聲實在太大，差點就嚇飛了兩隻鳥。

就在他們陷入絕望時，下方不遠處的一扇小門突然飛速打開，一張像月亮一樣圓的臉冒出來向外看。

「那邊的人！發生什麼事了？」臉像是月亮的人大喊著。「這種恐怖的聲音讓我根本沒辦法睡覺啦！」

芬妮停止哭泣，驚訝的看著月亮臉。「我哭是因為我害怕爬下樹，」她說，「很抱歉把你吵醒了。」

月亮臉對著她微笑。「你們有沒有太妃糖？」他問，因為他喜歡吃黏牙的甜食。

「太妃糖！」眾人驚訝的說。「你要太妃糖做什麼呢？」

「當然是要吃囉。」月亮臉說。「如果你們給我太妃糖，我可以讓你們從我的『滑溜溜滑梯』溜下去，這麼一來，很快就能抵達樹底了。」

「通往遠遠樹樹底的溜滑梯！」喬幾乎不敢相信自己的耳朵。「哎呀！誰能想到有這種溜滑梯！」

「我就想到了呀！」月亮臉露出了像滿月一般的笑容。「只要給我太妃糖就可以溜下去喔。」

「喔！」三個孩子難過的看著彼此，沒有人帶太妃糖上來。喬搖搖頭。

「我們沒有太妃糖。」他說。「我們只有一條巧克力，有點扁掉了，但是很好吃。」

「不行。」月亮臉說。「我不喜歡巧克力。兔子們呢？你們也沒有帶太妃糖嗎？」

兔子們把口袋裡的東西全都翻出來，口袋裡的東西千奇百怪，但就是沒有太妃糖。

「抱歉囉。」月亮臉說完就把門關上。芬妮再次哭了起來。

喬往下爬到月亮臉的門口，敲了敲門。「嘿，好心的月亮臉！」他喊道。「如果讓我們從滑溜溜滑梯溜下去，我們下次到樹上來的時候會帶一些很好吃的手作太妃糖給你。」

門再次迅速打開了，月亮臉對他們露齒而笑。「你們怎麼不早說呢？」他問。「進來吧。」

兔子和孩子們一個個往下爬到門口，走進月亮臉位在樹幹裡的家。這個家非常奇異，房間是圓形的，正中間是滑溜溜滑梯的入口，滑溜溜滑梯穿越了遠遠樹的樹幹，像是螺旋樓梯一樣往下轉了一圈又一圈。

溜滑梯入口旁邊有張彎曲的床、彎曲的桌子和兩張彎曲的椅子，這些彎曲的家具是為了符合樹幹的圓形弧度。孩子們非常震驚，真希望能在這裡停留久一點。但月亮臉立刻把他們推向溜滑梯。

「每個人拿一個靠枕。」他說。「喂你，兔子，拿最上面的靠枕，你先出發。」

其中一隻兔子拿了橘色的靠枕，把靠枕放在溜滑梯的頂端。他坐在靠枕上，看起來有一點緊張。

「出發啦，快點！」月亮臉說。「你該不會想要整晚待在這裡吧？」他用力推了兔子一把，兔子立刻以極快的速度順著滑溜溜滑梯溜了下去，他的鬍子和耳朵都被吹得往後飛揚。喬覺得溜下去看起來很有趣，決定要第二個溜下去。

他拿了一個藍色靠枕，放在溜滑梯頂端並坐上去，往下一滑。他坐著靠枕向下溜，頭髮被吹得往後飛起。滑溜溜滑梯在這株古老樹木的樹幹裡轉了一圈、一圈又一圈。裡面一片黑暗，又很安靜，遠遠樹的高度非常高，所以喬溜了好長一段時間。每一秒他都無比享受。

來到遠遠樹底部時，他的腳碰到了樹幹底上面的活板門，門板立刻掀開。喬飛了出去，降落在一大團綠色青苔上，這些青苔讓降落的地點變得軟綿綿的。他坐在青苔上，幾乎喘不過氣來，接著很快站起來，他可不希望貝絲或者芬妮降落在他的頭頂上。

貝絲是下一個。她坐在粉紅色的大靠枕上向下滑，速度快得她屏住了呼吸。接著芬妮坐在綠色靠枕上出發，然後是另一隻兔子。他們一個接著一個從小活板門飛出來，當滑溜滑梯的人飛出來之後，門板又立刻緊緊關上。

他們全都坐在地上，一邊喘氣一邊哈哈大笑，坐在靠枕上從樹幹裡滑下來實在是太有趣了。

兔子們先站起來。「我們要走了。」他們說。「很高興認識你們！」

他們消失在附近的洞穴，孩子們向他們揮手道別。接著喬站起身。

「走吧。」他說。「真的該回家了，天知道現在幾點了！」

「喔，用這種方式從遠遠樹上溜下來真是太讓人開心了！」貝絲邊走邊

跳。「速度好快呀！」

「我喜歡從樹裡溜下來。」芬妮說。「為了從滑溜溜滑梯溜下來，我願意每天爬上遠遠樹。但是，我們要怎麼處理這些靠枕呢？」

就在這個時候，一隻穿著工作服的紅松鼠從樹洞裡跑了出來。

「請把靠枕交給我！」他說。孩子們把靠枕收集起來，一一交給松鼠。他們已經很習慣聽到動物開口說話了。

「你要拿著這些靠枕一路爬上去還給月亮臉嗎？」芬妮好奇的問。

松鼠大笑出聲。「當然不是囉！」他說。「月亮臉會垂下一條繩子來拿這些靠枕。你們看，繩子垂下來了！」

一根繩子從樹枝間降下來。松鼠抓住繩子的尾端，把這疊靠枕牢牢綁住。他拉了繩子三下，繩子再次往上升起，把靠枕拉了上去。

「真是個好主意！」喬說。接著他們轉身往家裡走去，一邊走一邊回想這天發生的這些既奇妙又刺激的事情。

他們走到凹溝，跳了過去，再沿著小路前進，穿越小小的黑色柵欄門。抵達小房子時，都累到快要走不動了。媽媽依舊在花園裡忙碌，爸爸還沒有回到家。

貝絲昏昏欲睡的替每個人煮了一杯熱牛奶，三個人把牛奶拿回房間，坐在床上慢慢喝完。

「我再也不要上去遠遠樹了。」芬妮躺在床上說。

「這個嘛，我倒是要上去！」喬說。「別忘了今天答應月亮臉要給他手作太妃糖呢！我們可以往上爬到他家，把太妃糖拿給他，然後再從滑溜溜滑梯溜下來。不需要上去樹頂通往的國度。」

但貝絲和芬妮已經熟睡了。喬也很快就睡著了，他夢到了奇妙的遠遠樹，以及住在巨大樹幹中的有趣居民！

7 月光下的魔法遠遠樹

冒險結束後的那幾天，孩子們討論的事物只有遠遠樹以及上面的奇妙居民。貝絲說他們一定要遵守承諾，把太妃糖帶去給月亮臉。

「許下了承諾就一定要遵守。」她說。「如果媽媽願意讓我們拿一些砂糖、糖漿和牛奶，我可以做一些太妃糖。等我做好之後，喬，你就可以把糖拿去給月亮臉了。」

媽媽說她星期三去過商店之後，他們就可以開始製作太妃糖。到了星期三，貝絲盡了最大的努力開始製作最好、最甜、最黏牙的太妃糖。她把材料放進爐火上的平底鍋裡，煮出一鍋很棒的太妃糖漿。等到冷卻後，太妃糖變得又硬又脆，貝絲把糖分成小塊、放進紙袋裡，再給其他人一人一顆，接著丟了一顆太妃糖到自己的嘴巴裡。

「我應該會在晚上去。」喬說。「我知道這個星期沒有空過去，每天都忙著整理花園。」

到了晚上，等到皎潔的月亮升到頭頂的夜空中放光時，喬從床上溜了下來。貝絲和芬妮也醒了過來，聽見喬準備出門的聲音。她們本來不打算跟著跑出去，但是一看到窗外的月光照耀大地，又想到刺激的遠遠樹，就覺得沒辦法留在家裡！如果是你，會不會也有這樣的感覺呢？

她們迅速換好衣服，對著喬的房間輕聲說：「喬，我們也要去。等等我們！」

喬等她們好了才一起出發。三個人躡手躡腳的走下吱吱嘎嘎作響的樓梯，到了被月光照亮的花園。花園裡的陰影就像墨水那麼黑。四周沒有半點顏色，只有蒼白、冰冷的月光。

他們很快就走進了魔幻森林。但是，天呀，現在的魔幻森林和白天非常、非常的不同！森林裡擠滿了人和動物，森林裡最黑暗的區域掛滿了一排排小燈籠，被月光照亮的地方則沒有燈籠，有許多生物在這裡嘰嘰喳喳的聊天。

沒有半個人特別注意這三個孩子。沒有人因為看到他們而感到驚訝。但孩子們看到每件事物都感到非常震驚！

「那裡在舉辦市集！」喬對貝絲輕聲說。「妳看！那裡有上了色的松果做成的項鍊，還有野玫瑰做成的胸針呢！」

但貝絲在看另一個地方，月光照亮的一個小山溝裡有許多小仙子和妖精在歡笑著跳舞談天。有些小仙子在地面上跳舞跳累了，會和舞伴一起飛到空中，在月光中飛舞。

芬妮則看到了幾位精靈正在施法讓蘑菇生長。其中一朵蘑菇長出來後，一位精靈把一塊布鋪在蘑菇上，再放上幾杯檸檬汁與小蛋糕。這一切簡直像是一場奇異的夢境。

「喔，真慶幸我們都來了！」貝絲愉快的說。「誰能想到魔幻森林晚上會是這樣呢？」

他們花了許多時間觀察各種事物，最後終於抵達了遠遠樹。就連遠遠樹都變得非常不同！整株樹上都掛著細繩，細繩上有許多小燈，在枝葉之間閃爍著柔和的光芒，就像是一株無比巨大的聖誕樹。

這時喬看到了另一個東西。枝葉之間有一條非常結實的繩子，讓人在想要爬樹時抓住繩子往上爬。

「妳們看！」他說。「今晚爬樹會比之前容易。只要抓住那條繩子

往上爬就可以了！走吧！」

除了他們，還有許多其他生物都在爬樹。這些生物並不打算去樹頂上的國度，而是要拜訪住在古老而巨大的遠遠樹樹幹中的朋友。樹上所有的門窗都打開了，到處都是歡聲笑語。

他們往上爬呀爬，抵達了上個星期曾偷看過的那扇窗，上次他們偷看惹得住在這裡的妖精怒氣衝天，但他們發現這位妖精現在的心情好的不得了，正微笑著坐在敞開的窗戶前，和三隻貓頭鷹聊天。喬認為最好不要在這裡停下來，以免妖精想起他們是誰，又朝他們潑水。

他們抓住結實的繩子，繼續輕輕鬆鬆的往上爬，來到絲兒的家找她。絲兒正在烤爐前烘烤糕點。

「哈囉！」她抬頭看向他們微微一笑。「你們來了啊，時機正好呢，我正在烤啪一聲麵包，熱熱的吃最好吃了！」

她的小臉因為烤麵包變得紅通通的，如絲一般的金髮散落在臉頰旁。喬拿出他們的那包太妃糖。

「我們其實要拿這些糖給月亮臉，」他說，「但妳一定要吃一顆！」

絲兒拿了一顆太妃糖，再給他們一人一個熱騰騰的啪一聲蛋糕。天啊，這種蛋糕真是好吃極了，還會在嘴裡啪一聲爆開呢！

「親愛的絲兒，我們不能在這裡停留太久。」貝絲說。「我們還有很長一段樹要爬呢。」

「好的，要小心洗多多夫人的洗衣水喔。」絲兒說。「她在晚上的時候最可怕了。她知道現在有很多人正在樹上爬上爬下，她最喜歡用髒水潑溼大家了。」

孩子們繼續往上爬。他們經過了依然在椅子上熟睡、打呼的什麼名字先生，又躲過了洗多多夫人澆下來的水。這次沒有任何人被潑溼！芬妮笑得很開心。

「這真的是我知道的樹裡面最有趣的一棵了。」她說。「你永遠也不知道接下來會發生什麼事。」

他們抓著繩子一步一步往上爬，最後終於來到樹頂。他們敲響了月亮臉家的黃色小門。「進來！」一個聲音喊道。他們走了進去。

月亮臉坐在彎曲的床上，正在編織靠枕。「哈囉！」他說。「你們有帶欠我的太妃糖嗎？」

「有。」喬把袋子拿給他。「月亮臉，這裡有很多太妃糖，一半是上個星期坐滑溜溜滑梯的費用，另一半是如果你今晚願意讓我們坐滑溜溜滑梯下去，我們要付給你的費用。」

「喔，老天！」月亮臉歡欣鼓舞的看著袋子裡面。「這些太妃糖看起來真美味！」

他把四大顆太妃糖拋進嘴裡，開心的吃著。

「好吃嗎？」貝絲說。

「嗚咕、嗚咕、嗚咕、嗚咕！」月亮臉回答，他的牙齒全都被太妃糖黏住了，沒辦法好好說話！孩子們哈哈大笑。

「遠遠樹頂還是通往旋轉木馬國嗎？」喬問。

月亮臉搖搖頭。「嗚嗚咕！」他說。

「那現在通往什麼地方呢？」芬妮問。

月亮臉做了一個鬼臉，皺起鼻子。「嗚咕、嗚咕、嗚咕、嗚咕、嗚咕！」他非常急切的說。

「喔，天啊，我們沒辦法在他吃太妃糖的時候從他那裡得到任何答案。」貝絲說。「他只會一直嗚咕。真是可惜！我好想知道今天晚上遠遠樹會通往什麼奇怪的國度喔。」

「我可以上去偷看一眼！」喬跳了起來。月亮臉顯得有些緊張。他搖搖頭，抓住喬。「嗚咕、嗚咕、嗚咕、嗚咕！」他大喊。

「別擔心，月亮臉，我只是去看一眼，」喬說，「不會上去的。」

「嗚咕、嗚咕、嗚咕、嗚咕！」月亮臉驚恐的大喊，努力試著把太妃糖吞下肚，以便好好說話。「嗚咕！」

喬沒有在聽。他和女孩們走出門，爬上遠遠樹最頂端的樹枝。這次上面會有什麼奇怪的國度呢？雲朵間有一個陰暗的洞口，一絲月光從中灑落下來，喬從洞口往上偷看。

雲朵中的洞裡有一個通往上方的小梯子，他爬到梯子下，接著繼續抓著梯子往上爬。他在底端探頭往外看，接著大喊一聲。

「貝絲！芬妮！這裡到處都是冰天雪地！到處都是大白熊！喔，快上來看啊！」

但接著，可怕的事情發生了！有個東西把喬從梯子上捉走，他就這麼消失在雲朵上的冰天雪地中。

「快回來！喬，快回來！」月亮臉驚恐的把太妃糖全都吞下去，大喊。「上面連看都不能看，否則會被雪人抓走！」

但是喬已經不見了。貝絲絕望的看著月亮臉。「我們該怎麼辦？」她說。

8 魔法雪人與被綁架的喬

月亮臉看到喬消失之後難過極了。「我跟他說過不可以上去，我跟他說過了！」他呻吟著。

「你沒有跟他說。」芬妮哭哭啼啼的說。「你的嘴巴塞滿了太妃糖，你只能說：『嗚咕、嗚咕、嗚咕！』我們怎麼知道那是什麼意思？」

「喬現在在哪裡？」貝絲因為震驚而臉色蒼白。

是呀，喬現在在哪裡呢？有人把他從梯子往上抓，帶到冰雪國度去了！那裡的景象非常神奇，月亮和太陽同時高掛在天空中，分別占據了天空的兩端，各自閃爍著蒼白的光芒。

這裡冷極了，喬不斷發抖。他抬頭往上看，想看清楚是誰把他從梯子上抓了起來，他眼前有一個巨大的怪異生物——是一個雪人！他看起來就像喬冬天時常堆的那種雪人，圓滾滾、胖嘟嘟、全身雪白，頭上戴著一頂舊帽子，鼻子是紅蘿蔔。

「真幸運！」雪人用如雪一般柔軟的聲音說。「我已經站在這個洞口等海豹上來好幾天了，現在你終於來了！」

「噢。」喬記得海豹的確會從冰水的洞口上來呼吸。「這個洞不是水上的洞，這個洞下面是遠遠樹。我想要回去了，謝謝。」

「那個洞已經關起來了。」雪人說。喬回頭一看，絕望的發現洞口形成了一層厚厚的冰，那層冰好厚、好厚，他知道自己絕對不可能打破那層冰的。

「現在該怎麼辦才好？」他說。

「我告訴你怎麼辦，你就怎麼辦。」雪人笑著說。「這真是棒透了！這個國度既無聊又安靜，一直都只有北極熊、海豹和企鵝。我常希望能有人陪我說說話。」

「你怎麼會跑來這裡呢？」喬問。他覺得冷到了極點，用外套緊緊裹住身體。

「啊。」雪人說。「這是個很長的故事！很久很久以前有一群孩子創造了我，他們堆完我這個雪人後，就開始取笑我，又用石頭丟我，想要把我打散。所以，那天晚上我就溜到了這裡。我在這裡自稱『國王』，但如果只有熊和其他生物能陪你講話，當國王又有什麼好處呢？我想要有一個能說我的語言的好僕人。如今你終於出現了！」

「但我不想要當你的僕人。」喬憤憤不平的說。

「胡說八道！」雪人說完後推了喬一把，喬差點就跌倒了。接著，雪人踏著雪做的扁平大腳走向一道低矮的雪牆。

「幫我建造一棟好房子。」他說。

「我不知道怎麼建造房子！」喬說。

「喔，只要把這些堅硬的冰雪切成雪磚，然後把雪磚一個接著一個疊在一起，直到蓋好屋頂，這樣就可以了。」雪人說。「蓋好房子之後，我會給你一件溫暖的大衣，你就不會一直發抖了。」

喬除了服從命令之外沒有別的辦法了。他撿起牆邊的鏟子，開始把冰雪切成大塊的冰磚。切了二十個冰磚後，他停了下來，把這些冰磚拿到這棟正在建造的圓形房子的另一頭，疊成牆壁。接著他再次開始切冰磚，過程中，一直思考著到底要怎麼做，才能逃離這個奇怪的國度。

以前每到冬天，喬經常在家裡的花園用柔軟的雪建造小雪屋。如今他建造的是大雪屋，材料是和磚頭一樣堅硬的漂亮雪磚。他覺得建造雪屋很有趣，可惜女孩們都不在這裡。他替雪屋建了一個圓圓的屋頂，完成後，雪人拖著腳步走了過來。

「很好。」他說。「非常好。這個雪屋的大小正好適合我。」

他把自己巨大的雪身體擠進屋裡，丟了一件厚外套出來給喬，那件外套是羊毛編織而成的，像周遭的雪一樣既柔軟又白淨。喬感激的穿上大衣。接著他試著跟在雪人後面擠進雪屋裡，因為他不想要待在外面吹寒冷刺骨的風。

但當他進去後，卻被夾在雪人和雪屋的牆之間，擠得無法呼吸。

「不要推我。」雪人不高興的說。「走開。」

「我動不了！」可憐的喬氣喘吁吁的說。他很確定自己馬上就會從雪屋牆壁的洞被擠出去！

就在這時，雪屋入口處傳來一陣叫聲。雪人立刻往外大吼：「毛毛，是你嗎？把這個孩子帶去你位在冰層底下的家。他是個煩人精，一直擠我！」

喬抬起頭去看毛毛是誰，他看到了一隻巨大的白熊正從入口往內看。熊臉上的表情有點傻傻的，但很友善。

「嗚噗！」熊一邊說，一邊把喬拉到雪屋外。喬知道掙扎沒有用，沒有人能掙脫這麼大隻的熊，但這隻熊的態度很友善。

「嗚嗚噗？」他大聲的對喬低吼。

「我不知道你在說什麼。」喬說。

熊不再說話。他帶著喬一起走，幾乎是半拖著小男孩，因為地面對喬來說實在太滑了。

他們來到了冰雪下的一個洞口。熊把喬往下推，喬驚訝萬分的發現地底下有一個好大的房間，裡面有五隻熊，有大熊也有小熊。雖然房間裡面沒有加熱器，但卻很溫暖，喬對此感到很訝異。

「嗚噗。」裡面的五隻熊彬彬有禮的說。

「嗚噗！」喬說。他的回答讓熊非常滿意。他們走過來伸出爪子，非常嚴肅的和喬握手，對他嗚噗個不停。

比起雪人，喬倒是比較喜歡這些熊。他覺得這些熊或許能幫助他逃離這個愚蠢的冰雪國度。

「你們能告訴我要往哪裡走才能回到遠遠樹嗎？」他禮貌且口齒清晰的詢問這些熊。

這些熊看彼此一眼，對著喬嗚噗了幾聲。很顯然，他們完全不懂喬在說什麼。

「沒關係。」喬嘆了一口氣，他做好心理準備，要在找到逃離的路之前努力適應這裡的事物。

雪人是個煩人精。喬才剛安頓好，把頭靠在一隻熊巨大而溫暖的身體上睡覺時，就聽到了雪屋裡傳來呼喚聲。

「嘿，小男孩！過來陪我玩骨牌！」

喬只好過去玩骨牌，雪人覺得他太會擠人了，不讓他進雪屋，所以喬只能坐在入口外面玩骨牌，差點就凍僵了。

接著又有一次，他在吃其中一隻熊好心為他烹煮的一些美味炸魚時，雪人又大吼著要他去替雪屋造一扇窗戶。喬只好匆匆忙忙趕過去，在雪屋的側邊切下一塊晶瑩剔透的冰塊作為窗戶。說真的，雪人是個真正的煩人精！

喬第一百次想著：真希望當初沒有踏進這個蠢國度。那些熊對我這麼親切，真是件好事。我只希望他們能說些除了「嗚噗」之外的話。

喬思考著貝絲和芬妮在做什麼。他一直沒有回去會不會讓她們很難過呢？她們會不會回家告訴爸媽今天發生了什麼事？

貝絲和芬妮的確很難過，親眼看到可憐的喬消失在雲朵間對她們來說實在恐怖極了。

月亮臉表情嚴肅。他已經吞下嘴裡的太妃糖，可以好好講話了。

「我們必須把他救回來。」他說，臉像滿月一樣閃亮。

「怎麼救？」女孩們問。

「讓我想想。」月亮臉說。他閉上雙眼，頭在思考的過程中變得腫大。接著他張開眼睛、點點頭。

「我們去找『金髮女孩與三隻熊』。」他說。「她的熊很了解冰雪國度，或許可以幫助喬。」

「但是金髮女孩住在哪裡呢？」貝絲好奇的問。「我以為她只是童話故事裡的角色。」

「老天爺啊，當然不是！」月亮臉說。「來吧，我們去趕火車。」

「什麼火車？」芬妮震驚的問。

「喔，等一下妳就知道了！」月亮臉說。「快走吧，從滑溜溜滑梯溜下去，在樹下等我。」

9 森林火車與三隻熊的房子

貝絲拿了一個靠枕放在溜滑梯頂端，向下出發。她「咻——！」一聲滑了下去。到樹底後，她從活板門飛出來，降落在青苔長成的天然緩衝墊上。她才剛剛站起身，芬妮就從活板門裡飛了出來。

「妳知道嗎？我覺得滑溜溜滑梯是我見過最好玩的東西了。」貝絲說。「真希望能夠一整天都在玩滑溜溜滑梯！」

「我也是，但前提是我們不需要先一路爬上遠遠樹頂。」芬妮說。

活板門突然翻開，坐在黃色靠枕的月亮臉飛了出來。他把三個靠枕放在一起，對著替他工作的紅松鼠吹了聲口哨，把靠枕統統丟給松鼠，接著轉向等著他的女孩們。

「今天午夜有一班火車。」他說。「我們要趕快出發。」

在月光的照耀下，森林裡依舊很明亮。他們在樹木間匆忙趕路。貝絲突然聽到了火車的鳴笛聲，她和芬妮驚奇的停下腳步，看到一輛小火車在樹木之間左繞右繞，和老式的發條玩具火車長得一模一樣，只是尺寸更大！引擎上甚至還插著鑰匙呢，好像要靠這支鑰匙來上發條！

附近有一個小車站。月亮臉握住女孩們的手跑向車站。火車在車站旁靜靜等著。

每節車廂都有錫製的門窗，但是不能打開，就像真正的發條玩具火車。貝絲用最大的力氣試著打開一扇門，但沒有用。火車在這時鳴笛，似乎就要出發了。

「難道妳們不知道該怎麼坐火車嗎？」月亮臉大笑著問。「妳們真傻，把屋頂滑開就好了呀！」

他一邊說一邊推屋頂。屋頂真的滑開了，就像玩具火車的車廂。

「我覺得這只是放大版的發條玩具火車。」芬妮說著，爬過了車廂的側邊，從屋頂跳進車廂中。「我這輩子從沒看過這麼好玩的火車！」

他們全都上了火車。月亮臉似乎沒辦法把屋頂好好關上，便直接站在車廂中，貝絲和芬妮在火車開動時則因為無法透過錫製窗戶看到外面，所以也跟著站起身，從屋頂往外看。這個景象看起來趣味十足！

下一站叫做「洋娃娃車站」，三位洋娃娃上了火車，緊緊盯著他們。其中一位洋娃娃看起來和貝絲放在家裡的洋娃娃實在太像了，貝絲忍不住也緊緊盯著她看。

第二站叫做「壞脾氣車站」，鐵軌旁邊站了三位老女人，她們是女孩們有史以來見過脾氣最壞的人。其中一位老女人跨進了他們的車廂，三位洋娃娃立刻下了車，爬到另一節車廂去。

「過去點！」壞脾氣女人對月亮臉吼道。月亮臉往旁邊移了一些。壞脾氣女人不是個很好的旅遊伙伴。她無時無刻都在抱怨，而她裝滿一束束帶刺玫瑰的籃子則一直撞到芬妮。

「我們到站了！我們到站了！」月亮臉像唱歌一樣大聲說，他們離開車廂，留下壞脾氣女人自言自語的抱怨。

這一站叫「熊熊車站」，附近有好多泰迪熊，有棕色、粉紅色、藍色和白色的泰迪熊。每當他們想要彼此交談，就會按壓自己身體正中間，那裡有一個能讓他們說話的按鈕，按下去之後就可以正常說話了。芬妮看到他們這麼做時非常想笑，畢竟眼前的景象看起來的確很有趣。

「請問你知道三隻熊的家怎麼走嗎？」月亮臉禮貌的詢問一隻藍色

的泰迪熊。

藍色泰迪熊按住自己的身體中間，用好聽而低沉的聲音回答：「上小路，下小路，彎小路。」

「謝謝你。」月亮臉說。

「我覺得他的回答聽起來有點奇怪。」貝絲懷疑的說。

「一點也不奇怪。」月亮臉說，他領著兩個女孩沿著長滿忍冬花的小路往上走。「我們現在就是在走**上小路**，妳看，現在變成下坡了，所以我們又**往下走**，現在我們到了轉角，所以要在小路**轉彎**！」

他說的沒錯。他們走上又走下，接著再轉彎。前方的林木中出現了一棟女孩們這輩子看過最溫馨、甜美的小房子！房子從上到下都覆蓋著粉紅色的玫瑰，小小的窗戶在月光中閃著光芒，就像眼睛。

月亮臉敲了敲門。一道充滿睡意的聲音喊道：「進來！」月亮臉打開門，三個人走進房子。他們面前有一張桌子，放著三碗熱氣騰騰的燕麥粥，桌子旁有三張椅子，一張很大，一張普通大小，一張很小。

「這的確是三隻熊的房子沒錯！」貝絲興奮的低聲說。這裡簡直像是童話故事成真！

「我們在這裡！」一道聲音從另一間房間傳來。

月亮臉、貝絲和芬妮走進了房間。這是一間小臥室，裡面有三張床，一張很大，一張普通大小，一張很小，小床裡有一隻女孩們這輩子看過最可愛的藍眼睛小小熊。

「金髮女孩去哪裡了？」月亮臉問。

「她去買東西了。」爸爸熊說。

「她回來之後要睡在哪裡？」貝絲看向周圍問。「她現在和你們住在一起嗎？」

「她一直跟我們住在一起。」

爸爸熊把自己的大睡帽戴好。「她把我們照顧得很好。今天晚上魔幻森林裡有市集，她要去看看能不能買到便宜的燕麥粥。至於住的地方嘛，她會任意選擇一張床，和我們抱在一起睡覺。但她最喜歡小小熊的床，因為那張床非常柔軟又溫暖。」

「她在故事裡的確是這麼認為的。」芬妮說。

「什麼故事？」媽媽熊問。

「噢——就是三隻熊的故事啊。」芬妮說。

「我們從來沒有聽過這個故事。」三隻熊異口同聲的回答，這讓貝絲和芬妮覺得實在太離奇了，之後便不再問問題。

「金髮女孩回來了！」媽媽熊說。她們聽見一道高亢的聲音越來越近。小小熊衝下小床，開心的跑到門口。

走進來的漂亮小女孩留著一頭又長又捲的金髮，她抱起小小熊，與他互相擁抱。「哈囉，最最親愛的。」她說。「你在家有乖乖聽話嗎？」

接著她注意到了貝絲、芬妮和月亮臉，便驚訝的瞪著他們看。「你們是什麼人？」她問。

月亮臉解釋了喬是誰，以及他如何跑到了白熊居住的冰雪國度。

「我擔心魔法雪人會把他當作俘虜留在那裡。」月亮臉說。「他可能會和白熊們一起住。金髮女孩，能不能請妳的三隻熊跟我們一起過去，問問白熊能不能把喬放走呢？」

「但是我不知道要怎麼去冰雪國度。」金髮女孩說。

「我們知道要怎麼去！」爸爸熊突然說。「白熊是我們的表親。月亮臉，只要你幫我們施一點魔法，沒多久就能抵達冰雪國度了！」

「天呀！」貝絲震驚的說。「但冰雪國度很遠，在遠遠樹上啊！」

「沒關係。」爸爸熊說，從火爐架拿下一個大玻璃罐，在裡面裝滿水。接著把一些黃色粉末灑進玻璃罐，用一根黑烏鴉大羽毛攪了攪。月亮臉把手放進水裡，開始唱一首奇怪的曲子，奇異的歌詞讓貝絲和芬妮打了個哆嗦。水開始冒泡泡，接著上升到罐子頂端。水滿了出來，流到地板上，在他們的腳下變成了冰！一陣冷風從小房子中吹過，每個人都輕輕發抖。

接著貝絲看向窗外，看到的景象讓她驚異到說不出話來，只能伸手指著窗外。

芬妮也往外看，你猜猜她們看到了什麼？外面一片冰天雪地，正是喬所在的冰雪國度！不過貝絲和芬妮都搞不清楚房子是怎麼抵達這裡的。

「我們到了。」月亮臉說著，把手從玻璃罐中伸出來，用紅色手帕把手擦乾。「熊，可以借我們幾件外套嗎？外面一定很冷。」

媽媽熊從櫥櫃裡取了幾件厚大衣。他們穿上大衣。三隻熊身上已經有厚厚的毛皮了，不需要穿外套。

「我們可以出發去尋找喬了！」月亮臉說。「熊，走吧，我們需要你們的幫助！」

10 冰雪國度的熊熊戰爭

金髮女孩、三隻熊、女孩們和月亮臉一起走出了小木屋。在一片冰天雪地之中看到滿牆盛開的玫瑰，這個景象真是奇怪極了！

「現在的問題是：我們要去哪找那些白熊呢？」金髮女孩說。

「在那裡，向著太陽走。」爸爸熊說。貝絲和芬妮驚訝的發現月亮和太陽都在天空中發光。他們跟著爸爸熊，一路攙扶著彼此，一邊滑一邊走。這裡的氣溫很低，鼻子和腳趾好像都要凍僵了。

這時，他們突然看到了喬替魔法雪人建造的小雪屋。

「你們看！」爸爸熊說。「我們最好去那邊看看。」

但是還沒走到小雪屋，他們就看到一個巨大的白色身影從雪屋中擠出來、看向他們。是魔法雪人！雪人一看到他們，就用如雪一般的聲音緊張大喊著：「有敵人！有敵人！嘿，熊，快過來把這些敵人趕走！」

「我們不是你的敵人。」月亮臉大喊，金髮女孩則開始往前跑，想要讓雪人知道她只是個小女孩。但月亮臉立刻把她拉回去。他可不信任這位雪人！

雪人把他又大又胖的身體向前一彎，撿起一大把雪，丟向金髮女孩。她彎腰躲過，雪球從頭頂飛了過去，打中了小小熊。

「唉——唷！」小小熊一屁股坐在地上。接下來一切都發生得好快。一群白熊從地下的家衝出來幫助雪人，沒多久，天上就充滿了到處飛射的雪球。這裡的雪很硬，任何人被雪球打中都會很痛。女孩們不斷大叫著他們是朋友，不是敵人，但是一點幫助也沒有。沒有人聽見她們的聲音，場面很快就變成了激烈的大戰！

「喔，老天！」貝絲喘著氣說，她正努力把雪球直直丟出去。「這真是糟糕透頂！這樣下去我們永遠也別想救回喬了！」

但他們真的沒有別的選擇了！畢竟在其他人攻擊你的時候，除了捍衛自己之外，能做的事真的不多，而且三隻熊、女孩們還有月亮臉都因為被堅硬的雪球打中而感到非常憤怒。

「啪！碰！噗！」雪球只要砸到東西就會碎開，冰雪國度很快充滿了白熊的「嗚噗！」、三隻熊的「唉唷！」、孩子們的吶喊和月亮臉的尖叫，月亮臉像是瘋了一樣，不斷到處亂跳亂喊，一邊丟雪球，一邊把雪往對方那邊踢！他又大又圓的臉是雪球的大好目標，被雪球打中的次數比其他人還要多。可憐的月亮臉！

你們猜猜看，在這場猛烈的雪球大戰進行的時候，喬在哪裡呢？他一聽見「有敵人！有敵人！」的喊叫聲，就躲到了角落去，因為他不想被牽扯進任何混戰裡。他看到大白熊紛紛離開，只剩下自己之後，就開始思考要怎麼逃跑。

他躡手躡腳的爬上通往地面的洞。因為戰場離洞口有一些距離，所以喬沒有看到那些敵人其實正是他的朋友們！如果他看見了，一定會立刻衝過去加入他們的陣營。

喬想著，他們彼此攻擊的聲音真是太可怕了，聽起來簡直像是黑猩猩與熊的對戰！我可不要靠近他們，靠近的話會被吃掉的！我只要往反方向跑就好了，希望可以遇到能夠幫助我的人。

喬穿著白色毛茸茸大衣，在冰雪中偷偷摸摸的往前走，沒有人注意到看起來像一隻小白熊的喬。等他抵達了似乎沒人能看見他的距離，就跑了起來。他跑呀跑、跑呀跑。

但他沒有遇到任何人。路上沒有任何生物。只有一隻海豹孤伶伶的躺在一塊浮冰上，但就連海豹也在看到喬的時候，馬上潛入了水中。

接著，喬震驚的停下了腳步，直直盯著前方，眼珠差點就要掉出來了。他來到了三隻熊的小木屋前，小木屋就這麼孤孤單單的立在一片冰雪中。當然了，木屋上的玫瑰依然綻放，空氣中充滿了花香。

「我一定是在作夢！」喬說。「我一定是在作夢！一棟小木屋，上面還開滿了玫瑰，喔——我必須去看看誰住在小木屋裡。或許他們能給我一點食物，讓我休息一下，我實在太餓又太累了。」

他敲了敲門。沒有人回應。他打開門走了進去，接著無比驚訝的盯著屋內！裡面一個人也沒有，但桌上放著三碗熱氣騰騰的燕麥粥，一碗很大、一碗普通大小、一碗很小。屋子裡有一點暗，所以喬點亮了桌上的一根大蠟燭。

接著他坐到最大的椅子上，但這張椅子實在太大了，所以他站起來，坐到更小一些的椅子上，但這張椅子上堆滿太多靠枕，他又再次站起身坐到最小張的椅子上。這張椅子剛剛好，喬舒舒服服的調整好坐姿，但是呀，他的重量對小椅子來說實在太重了，椅子在他的屁股下裂成了碎片！

他看向可口的燕麥粥，先嚐了一口最大碗的粥，但這碗燕麥粥實在太燙了，燙傷了他的舌頭。他試了第二碗粥，這碗粥又太甜了。但第三碗燕麥粥吃起來剛剛好，所以喬把最小碗的燕麥粥全都吃光了！

接著他感到非常睏，需要好好休息一下。因此，他走進了臥室，躺在最大的床上。但這張床實在太大了，所以他又試躺了普通大小的床。但這張床太軟了，中間會往下陷，所以喬又躺到了小床上。小床又小又溫暖，實在太舒適了，喬馬上就陷入了熟睡！

在喬進入屋子直到睡著的這段期間，外面的大戰一直沒有停下。由於雪人太大，白熊又太凶猛，所以沒過多久，三隻熊、孩子們和月亮臉就開始節節敗退。

接著，一陣暴風雪刮了過來，天上降下了大雪，他們幾乎什麼都看不見。月亮臉警覺的高聲說：「三隻熊！金髮女孩！貝絲！芬妮！立刻緊緊握住其他人的手，不要放開。否則我們很可能會在暴風雪中走失！」

每個人都立刻握住其他人的手。風雪刮在臉上，他們什麼也看不見。他們彎著腰，小心翼翼的開始往白熊的反方向走，白熊們已經停止攻擊了，正努力想找出敵人在哪裡。

「不要發出太大的聲音。」月亮臉說。「我們可不希望白熊聽到我們在哪裡，否則他們會把我們當作俘虜抓走。他們可能不會聽三隻熊的話。走吧，我們要趕快找到能躲雪的地方，待到暴風雪結束。」

他們可憐極了。每個人都覺得很冷、很害怕又很失落。他們在風雪中跌跌撞撞的往前走，緊緊握著彼此的手。他們走呀走，這時，金髮女孩突然甩開了月亮臉的手，舉起手指向前方。

「有光！」她驚訝的說。每個人都停下了腳步。

「天啊！天啊！那是我們的小木屋！」小小熊訝異又開心的發抖。

「但是誰在裡面呢？一定是某個人點亮了蠟燭！」

他們全都盯著明亮的窗戶看。到底是誰在小木屋裡？會是魔法雪人找到小屋了嗎？或者是白熊呢？屋子裡的會是敵人，還是朋友？

他們站在原地思考，冷風吹了過來，厚重的大雪落在每個人身上。

「喔——」月亮臉發著抖。「繼續站在這種大雪中，我們會冷死的！進去看看是誰在裡面吧！」

爸爸熊打開門，他們一個接著一個走了進去，有些害怕的觀察空蕩蕩的小屋子。

11 大白熊的圍攻

「屋裡好像沒有人！」貝絲說，她小心翼翼的觀察屋內。

「那到底是誰點了蠟燭？」月亮臉問，又大又圓的臉露出了緊張的表情。「我們離開的時候蠟燭是熄滅的！」

爸爸熊這時突然發出了生氣的吼叫，伸手指著自己的椅子。「是誰坐過我的椅子？」他說。

「又是誰坐過我的椅子？」媽媽熊說，指著自己的椅子。

「又是誰坐過我的椅子，還把椅子坐壞了？」小小熊哭著大叫。

貝絲在一旁咯咯笑著。「聽起來就像是三隻熊的故事成真了呢！」她對芬妮說。「他們等一下就要開始討論燕麥粥了。」

接下來他們的確開始討論燕麥粥了。

「是誰吃了我的燕麥粥？」爸爸熊怒氣沖沖的問。

「又是誰吃了我的燕麥粥？」媽媽熊說。

「又是誰吃了我的燕麥粥，而且還全部吃光了？」小小熊哭哭啼啼的用湯匙戳了戳空空如也的碗盤。

「這件事真是太神祕了。」月亮臉說。「有人點亮了蠟燭、有人坐了這三張椅子、有人吃了這三碗燕麥粥。到底是誰呢？」

「這次可不是我喔。」金髮女孩說。「我剛剛一直都跟你們一起打雪球大戰，對不對，熊熊？」

「的確如此。」爸爸熊溫柔的回答，然後拍了拍小女孩的背。爸爸熊非常喜愛她。

「要是剛剛有找到可憐的喬就好了。」貝絲說。「不知道他現在在這片可怕的冰天雪地中做什麼呢？」

「你覺得我們是不是應該再出去找找看？」芬妮說，一想到外面冰冷刺骨的寒風，她就打了一個冷顫。

「不行。」月亮臉堅定的說。「全都不可以出去，等安全的回到森林之後才可以。我們現在恐怕沒辦法拯救喬了。」

「那是什麼聲音？」金髮女孩突然說。所有人側耳傾聽。有人在隔壁房間裡發出小小的打呼聲！

「我們剛剛完全沒想過要去隔壁檢查！」月亮臉說。「到底是誰？」

「噓──」金髮女孩說。「如果能趁著他睡著的時候撲過去，就可以緊緊抓住他，他就跑不掉了。如果把他吵醒了，他可能會反抗。」

他們躡手躡腳的走到臥房門口，一個接著一個慢慢進到房間裡。

「是誰躺過了我的床？」爸爸熊低吼著說。

「噓——」月亮臉惱怒的說。

「是誰躺過了我的床？」媽媽熊說。

「噓——」所有人一起說。

「是誰躺了我的床，而且現在還在上面睡覺？」小小熊說。

每個人都直直盯著小床看。沒錯，有人在床上，他全身雪白。是白熊嗎？

「是一隻白熊！」月亮臉有些害怕的說。

「我們要趁他醒來之前把他關起來。」爸爸熊說。「他可能到現在還覺得我們是敵人呢！」

他們全都衝出了小房間，碰的一聲大力甩上了門，接著上了鎖。

「抓到他了！」月亮臉歡欣鼓舞的說。

喬從睡夢中嚇醒了。是誰把他關起來了？是不是魔法雪人又抓到他了？他開始大喊大叫、用力拍門。這時，貝絲和芬妮認出了喬的聲音，她們大喊：「月亮臉！是喬！是喬！是喬！喔，是喬！」

她們衝到門前打開鎖，張開雙臂緊緊抱住喬。喬實在太驚訝了，一個字也說不出來。他也抱住了妹妹們。

「妳們是怎麼來這裡的？」他問。

「你又是怎麼來這裡的？」貝絲和芬妮大叫。

「都到廚房來吧，我們可以吃點熱燕麥粥、喝點牛奶。」金髮女孩說。「我們可以吃過東西再聊，讓自己暖和一點。」

喬跟著其他人一起走向廚房，每個人都高聲說個不停自己遇到了什麼事。金髮女孩用大湯匙把燕麥粥舀進藍色的碗裡，又泡了一些熱巧克力。眾人紛紛往燕麥粥裡加糖，開始喝熱巧克力。喬在燕麥粥裡倒了一些牛奶，愉快的對著每個人微笑。

「我經歷了一場精彩的冒險呢！」他說。「我先說我的故事，還是你們先說你們的故事呢？」

喬說了他遇到的事，然後貝絲說了月亮臉是怎麼找到三隻熊，請他們幫忙的，也講了猛烈的雪球大戰。

「這場大戰讓我很難過。」爸爸熊沉痛的說。「白熊是我們的表親，我們一直都是好朋友，現在他們好像變成敵人了。」

「希望他們不會發現我們的小房子。」金髮女孩一邊說，一邊吃著燕麥粥。「月亮臉，我們是不是最好趕快使用魔法，回森林裡呢？」

「時間還很多，時間還很多。」月亮臉說，他替自己倒了另一杯熱巧克力。

但事實上，他們的時間不多了。就在這個時候，金髮女孩發出了一聲尖叫，指向窗戶。

「有人在外面偷看！」她說。

「別傻了！」月亮臉說。

「我才不傻。」金髮女孩說。「是真的，有人在偷看！到底是誰？」

「大門的把手動了！」月亮臉大聲喊著，他衝到門口，一瞬間就把門上了鎖，也落了門栓。

爸爸熊站起身，走到窗邊，看向窗外的暴風雪。

「我什麼都看不見。」他說，接著大聲叫了起來。「我看到了，我看到白熊了！他們包圍我們的小房子了！我們該怎麼辦？」

「他們沒辦法從門口進來，也絕對不可能從窗戶進來。」月亮臉惡狠狠的說。門搖晃了起來，但依然很堅固。外面有人在砸門。

「我們不會讓你們進來的！」喬放聲大吼。

「只要有人膽敢打開或打破窗戶，我就要讓他嘗嘗這個熱水壺的厲害！」月亮臉高聲說著，手上抓著熱水壺四處亂跑。

「月亮臉，那個熱水壺裡面有熱水。」芬妮說。「小心點。你剛剛差點就把熱水潑到我身上了。」

「我要把這壺熱水潑到膽敢跑進來的熊身上！」月亮臉吼叫著，把壺裡冒著蒸氣的熱水灑的到處都是。

「天啊！」貝絲說。「芬妮，快躲到床後面。月亮臉簡直跟那些熊一樣危險。」月亮臉很快就發現女孩們說的沒錯，抓著熱騰騰的熱水壺四處亂跑既愚蠢又危險。所以他輕輕把熱水壺放了回去。

接著，爸爸熊想到了一個主意，他把一張大桌子從房間的另一頭推到

門口，堵住了門。事情越來越刺激了。喬和女孩們都有些害怕，但也不禁感到非常興奮。接下來會發生什麼事呢？

「嗚——噗！嗚——噗！」門外的大白熊高聲大吼，但他們都沒辦法從大門或者窗戶進來。

不過，他們找到了另一條路！小屋子的煙囪又寬又大，因為這裡的壁爐是老舊的大型壁爐，需要很寬的煙囪。其中一隻熊爬上了屋頂，另外三隻熊也跟著爬了上去。第一隻熊爬進大煙囪裡、滑了下來，咻——另一隻熊也滑了下來，再來是第三隻，然後是第四隻。

他們碰的一聲掉在巨大的爐床上，動作迅速的從火焰中跳了出來。

「投降吧！」他們對著嚇壞的孩子和三隻熊大叫。「投降吧！魔法雪人現在就在外面！讓他進屋子裡！」

12 對抗霸道的魔法雪人

每個人都心驚膽顫的看著大白熊。沒有人想到還有煙囪這條路。他們沒有把煙囪堵住真是太可惜了！

「我要開門讓魔法雪人進來。」第一隻白熊說。

這時，爸爸熊非常哀傷的開口了。

「表親啊，為什麼我們要成為敵人呢？我們以前是那麼好的朋友，現在一切都變了。」

四隻白熊看著他和媽媽熊，突然露出了驚奇的神色。他們發出了響亮的嗚噗聲，向爸爸熊和媽媽熊衝過去。

喬以為他們要和三隻熊打架。但他錯了，白熊不想打架，他們用盡全力緊緊抱住三隻熊，孩子們驚訝的發現白熊毛茸茸的臉正流下淚水。

「我們沒有認出你們啊！」白熊們說。「天啊，表親們，要是一開始就知道你們是我們深愛的三隻熊，我們絕對不會和你們打起來！」

「別哭了，別哭了！」媽媽熊說，她替白熊擦掉毛皮上的眼淚。「沒關係。但看在老天的份上，快去告訴其他熊我們是朋友吧。我們可不希望前門被撞壞。」

月亮臉打開門，向外大喊：「白熊們，沒事啦！這是你們的表親三隻熊的小屋子！我們都是朋友！」

但是沒有白熊回應，也沒有白熊走進屋，只有一個巨大的白色身影走上前來，從門口擠進屋內——是魔法雪人！

小房間裡的氣氛凍結了。白熊都很害怕雪人，因為雪人是他們的主人。雪人關上門，用石頭做的眼睛瞪著屋內的每個人。

「連替我工作的熊都投靠敵人了！」他說。「哇喔！不如把你們全都變成冰塊和白雪吧，怎麼樣啊？」

沒有人回話。但貝絲訝異的發現月亮臉關上了門，接著走到爐火邊，把三塊大木頭堆進火裡，然後對貝絲眨眨眼。

雪人抓住其中一隻白熊圍在脖子上的圍巾，用力搖晃白熊。

「你很喜歡你的聲音，是不是？」他說。「我不是說過你們只能說

『嗚噗』，不准對任何人說其他字嗎？我可不需要會說話的熊！」

他抓住另一隻白熊，同樣用力搖晃了幾下。「現在你們跟我的敵人變成朋友了，是不是？」他說。

房間變得好熱。喬脫掉了大衣。其他人也同樣脫掉大衣。月亮臉又偷偷往火堆裡放了另一塊木頭。爐火劈啪作響，不斷往煙囪吐著巨大的火舌。芬妮覺得實在太熱了，她甚至想把衣服全都脫掉。

月亮臉為什麼要把房間弄得這麼熱？他到底在想什麼？她惱怒的想。但就在她想要詢問月亮臉時，月亮臉對她眨了眨眼睛，所以芬妮沒有開口。月亮臉一定是在進行什麼奇妙的計畫。

雪人繼續抱怨、威脅每個人。所有人都一語不發的聽他說話。月亮臉用火鉗戳了戳爐火，火焰更猛烈了。

「讓我告訴你們接下來要怎麼做吧。」魔法雪人說。「我要把這個可愛的小屋子占為己有，我要住在這裡。你們這些人可以去住在外面冷得要命的雪屋，隨便你們。以後你們必須服侍我，照我的命令行事。」

「好的。」眾人說。現在他們都知道月亮臉的計畫是什麼了。他想要把房間弄得非常熱，熱到讓魔法雪人融化。親愛的月亮臉真是太聰明

啦！已經有細小的水流從雪人寬大的白色背部流下來了，因為雪人的背最靠近爐火。月亮臉偷偷指了指那些水流，對其他人微笑。

芬妮覺得月亮臉的笑容看起來實在太滑稽了，所以忍不住咯咯笑了起來。金髮女孩也跟著偷笑，然後很快用手帕摀住自己的小嘴巴。小小熊也發出了高亢的笑聲。

「你們竟然敢偷笑！」雪人怒火衝天的大喊。「滾出去，你們全都滾出去！快滾！這棟小房子現在屬於我，你們全都不准待在這裡。」

他們全都擠出屋外，只有月亮臉偷偷蹲在一張大椅子後面躲了起來，他決定要留在這裡，不讓爐火有機會變小。

屋外天寒地凍。白熊很快挖出一些雪，建造一堵高牆替眾人抵擋寒風。他們蹲在牆下，彼此緊緊抱在一起取暖。大白熊用毛茸茸的手臂抱住孩子們，讓他們覺得暖洋洋的。喬覺得大白熊對他們真是太好了。

他們等了又等，等了又等。他們看到小房子的煙囪裡冒出白煙，所以月亮臉一定還顧著爐火。白熊每隔一陣子就發出嗚噗聲，孩子們則彼此竊竊私語。

接著，小房子的門突然被大力打開，月亮臉站在門口，大大的臉上掛著像滿月一樣的笑容。

「你們可以進來啦！」他高聲喊著。「屋裡安全了！」

他們擠進小屋裡。喬想尋找雪人的身影，但雪人不見了！沒有任何雪人進到屋子裡的跡象，屋裡只有一大灘水。

「他很快就融化了。」月亮臉說。「他的魔法或許很強大，但不過是雪做的雪人罷了。他像夏天早上真正的雪人一樣融化了。」

白熊們開心的發出嗚噗聲。他們非常討厭服侍雪人。

「我們要道別了。」他們對三隻熊說。「你們的小房子很舒適，但對我們來說太熱了。無論何時都歡迎你們再來拜訪我們。再見！」

他們彼此擁抱道別，喬目送他們離開時有點傷心。月亮臉在白熊都離開後關上門。

「現在我們該回家了。」他說。「我有點厭倦這片冰天雪地了。來吧，三隻熊，幫忙我把小房子安全送回去吧！」

他沒有施展過來時用過的魔法。他用藍色粉筆在地上畫了一個圓圈，三隻熊站到圓圈裡面，手牽著手。月亮臉繞著他們一邊跳舞，一邊唱著一連串怪異的魔法字眼。一陣風吹了過來，小屋子開始不斷震動。黑暗降臨在小屋中，有一瞬間，沒有人能看到任何東西。

接著，黑暗慢慢褪去，風也停了。溫暖的陽光照射在窗戶上。貝絲驚呼一聲。

「哇！我們回到一開始找到這棟小木屋的那個森林小角落了！而且現在已經是白天了，不是晚上！」

「是呀，這次的冒險花了一整個晚上的時間！」月亮臉笑著說。「太陽剛升起來，夜晚已經過去了。孩子們，最好趕快回家，否則會因為晚上偷溜出來被罵的。」

他們和金髮女孩擁抱，和三隻熊握手道別。「我們以後還會再回來

見你們的。」芬妮說。「非常謝謝你們願意幫助我們！」

金髮女孩和三隻熊站在門口向他們揮手道別，月亮臉則不斷催促三個孩子快點沿著小路走，趕去搭前往魔幻森林的火車。他們走了一小段路後抵達了車站，火車到站時，他們滑開屋頂，跨進其中一節車廂裡。

抵達魔幻森林後，他們向月亮臉道別，芬妮為了感謝月亮臉的幫助親了月亮臉。月亮臉太開心了，整張大臉都變紅了，貝絲笑了起來。「你現在看起來就像夕陽。」她說。「你應該改名叫太陽臉！」

「再見，希望很快就能再次見到你們！」月亮臉說。孩子們往家裡走去，躺上床後只過了一個小時，媽媽就來叫他們起床了。老天啊，他們一整天都想睡得要命呢！

13 拯救受困的月亮臉

接下來一段時間，孩子們一點也不想再次前往遠遠樹上的任何國度。他們覺得光是向上爬行穿過雲朵看看那裡是什麼國度，就已經太過刺激了！不過，他們都希望能再次見到樹上的朋友，尤其是親愛的月亮臉。

因此，等到再次有一整天空閒的時候，他們立刻出發前往魔幻森林的遠遠樹。這次遠遠樹上沒有能夠引導他們上樹的繩子。繩子只有在晚上才會被掛在粗樹枝上，幫助林間的生物上下樹。

孩子們開始往樹上爬。今天樹上的每扇門窗都關得緊緊的，沒有半個人影。這次爬樹的過程無聊透頂。他們到達絲兒家時，發現就連絲兒家的門也緊閉著，沒有聽見絲兒的歌聲或者任何聲音。他們敲了敲門，但沒有聽到回應。

因此，他們繼續向上爬往月亮臉的家，一路上都在留意洗多多夫人會不會又倒髒水下來淋在他們身上。但今天就連洗多多夫人的髒水都沒有出現！一切似乎都安寧又祥和。

他們抵達月亮臉位於樹頂的家，敲了敲門。沒有人應門。

但他們清楚聽見有人在門內哭泣。這真是太神祕了。

「聽起來不像月亮臉的聲音。」芬妮疑惑的說。「進去看看是誰在哭吧。」

他們打開門，走進月亮臉家。是絲兒，她坐在角落傷心的哭泣！

「發生什麼事了？」喬大聲說。

「月亮臉呢？」芬妮問。

「喔，天啊！」絲兒啜泣著說。「月亮臉因為對樹下的什麼名字先生太過無禮，所以被趕去遠遠樹上面一個無比奇怪的國度了。」

「什麼！你是說那個一直坐在椅子上打呼的老先生嗎？」貝絲說，她還記得之前曾見過他。「月亮臉對他做了什麼事？」

「喔，他真是太調皮了。」絲兒哭著說。「我也是。我們今天像平常一樣，聽見什麼名字先生在打呼，偷偷溜到他身邊，發現他的嘴巴張得好大。然後，天啊，我們把一大把橡實丟進他的嘴裡，他醒來的時候氣壞了，罵個不停，然後發現我們躲在一根大樹幹後面。」

「我的老天啊！你們真的做了這麼調皮的事情嗎？」貝絲大叫。「難怪他要生氣！」

「月亮臉有時候真的太調皮了。」絲兒擦著眼淚說。「他有時也會帶我一起做調皮的事。後來，我們往上逃跑到月亮臉的家裡。我安全跑進來了，但月亮臉沒有。什麼名字先生抓住了他，把他趕進雲中間的洞裡，所以月亮臉現在就在遠遠樹上面的國度中。」

「真是太可怕了！但是，他不能自己回來嗎？」芬妮擔憂的說。「他可以自己從梯子上爬下來，回到樹上，不是嗎？」

「他本來可以這麼做，」絲兒說，「但問題是，什麼名字先生現在就坐在梯子上，只要月亮臉爬下來，他就把月亮臉趕回去。所以，月亮臉就算爬下來又有什麼用呢？」

「今天遠遠樹上是什麼國度？」喬問。

「是平底鍋人國。」絲兒說。「他和鍋碗瓢盆一起住在他的小屋子裡，不會傷害任何人。但是，問題是什麼名字先生會一直坐在梯子上，直到樹頂上的國度變成另一個國度。到時候月亮臉就沒辦法從梯子回家，說不定永遠也回不來了！」

「天啊！」喬傷心的說，女孩們絕望的看著絲兒。他們都非常喜歡月亮臉。

「難道沒有我們能幫得上忙的地方嗎？」喬最後問。

「嗯，我們還有一個希望。」絲兒撥了撥漂亮的金髮。「平底鍋人是什麼名字先生的好朋友。如果平底鍋人知道遠遠樹今天出現在他家下面，或許會來和什麼名字先生一起喝下午茶，到時候月亮臉就可以趁機從梯子偷偷爬下來，溜回這裡！」

「喔！」孩子們看向彼此。他們知道，這麼做就代表他們其中一人，或者三個人必須再次爬上那個梯子，進入一個奇怪的國度。

「我去吧。」貝絲說。「畢竟月亮臉上次幫助過我們。我們現在也要幫助他。」

「我們一起去吧。」喬說。因此，他們出發前往最高的樹枝上面的小梯子。他們在那裡看到了什麼名字先生，他坐在那裡一邊讀報紙，一邊煮著一壺茶，熱水的蒸氣慢慢向上飄，飄進了雲中間的洞裡。

「請問可以借我們過嗎？」貝絲膽小的問。

「不可以。」什麼名字先生粗魯的回答。

「但是我們一定要過去。」喬說。「所以，要是我們不小心踩到你的腳，請原諒我們。」

什麼名字先生就是不願意移動。他真是個非常容易生氣的老先生。他在三個孩子從身邊擠過去的時候發出了抱怨的咕噥。孩子們很高興他們終於成功從雲中間的洞爬過去，抵達上面的國度。

「這就是平底鍋人國呀。」芬妮在三個人都平平安安的爬上草地時說。「真是個有趣的小地方！」

這裡的確是個有趣的小地方。這是一座小島，似乎漂浮在一片白色海洋之中。這座小島其實不比他們平常看到的大片草地大多少。貝絲走到邊緣往下看。

「天呀！」她擔心的說。「這裡像懸崖一樣，白色的海洋其實是很大片的白雲。大家千萬別靠近邊緣。掉下去可不是什麼好事！」

「嘿！嘿！」旁邊突然傳來一陣興奮的喊叫。他們轉過頭，看到月亮臉正朝他們揮手，全力跑過來。「嘿！你們怎麼會在這裡？」

「嗨！我們想要上來看看能不能幫你的忙。」喬說。「我們聽說今天發生的事了。親愛的什麼名字先生現在還坐在梯子上等你呢。但絲兒說這是平底鍋人國，平底鍋人是什麼名字先生的好朋友，所以我們上來是想要問問看他，要不要去和什麼名字先生喝個下午茶。到時候你就可以偷偷爬下梯子，然後安全的回家了。」

「喔——太棒了！」月亮臉歡天喜地的說。「我本來不知道這裡是什麼地方呢，天啊，我剛剛好害怕自己會掉下去，這裡真小。你們覺得平底鍋人會住在哪裡呢？」

「我猜不出來他會住在哪裡！」喬說著環顧四周。他只看到一大片草地，視線範圍內沒有任何建築或人。平底鍋人到底住在哪裡呢？

「我們可以小心的沿著這個有趣的小地方繞一圈。」貝絲說。「他的房子一定在某個地方。但最好動作快點，因為你永遠也不知道遠遠樹上的國度什麼時候會離開，我們可不想永遠住在這個怪異的小地方！」

他們繞著這塊土地走。沒多久，就走到了一個沒有其他懸崖那麼陡峭的懸崖旁。他們從邊緣往下看。喬指著懸崖上突出來的東西。

「那是什麼怪東西呀？」他說。

「看起來像是能夠沿著懸崖往下走的階梯。」貝絲說。

「那是平底鍋！」芬妮突然說。「對！是平底鍋，鍋子的把手深深插在懸崖的土裡，鍋子的部分是腳踩的位置。太奇怪了！」

「從這裡往下走一定就會走到平底鍋人的家。」喬激動的說。「來吧。小心點，女孩們，跌倒的話可是會從這個地方的邊緣掉下去的。」

他們非常謹慎的順著懸崖往下走，腳下踩著插在懸崖裡的平底鍋。往下走的過程其實還滿好玩的！

他們終於到達底端。接著，他們聽到了一陣奇怪的聲音！像是敲打

金屬物品的鏗鏗鏘鏘聲。孩子們都提高了警覺。

「聲音從那個轉角傳來的。」喬說。

他們小心翼翼的偷偷走到轉角，往轉角的另一邊偷看。

他們看到了一棟破舊的小房子，房子上面有一個平底鍋做成的煙囪。聲音正是從房子裡傳出來的。孩子們偷偷溜到窗邊，往裡面一看。

只見屋子裡有一個他們見過最奇怪的瘦小男人，跳著最奇怪的舞蹈！他身上掛著好多平底鍋和熱水壺，頭上戴著一個平底鍋當作帽子，一邊跳舞一邊抓著兩個平底鍋互相敲擊！

「你們覺得他會不會很危險？」喬低聲詢問。

14 有趣的平底鍋人

「我覺得他看起來一點也不危險。」芬妮說。「他看起來人很好。」

「我們敲窗戶叫他吧。」貝絲說。她敲了敲窗戶，但平底鍋人沒有注意到他們。他繼續跳著舞，敲著他的平底鍋。

喬更大力的敲了敲窗戶。平底鍋人這時正好看到他在窗邊，露出了震驚的表情。他停下舞蹈，走到門口。

「進來跟我一起跳舞吧。」

「喔，不用了，謝謝。」喬說。「我們只是來問你要不要喝茶。」

「問我要不要考察？」平底鍋人一臉訝異的說。「這裡沒什麼能夠考察的，我這裡只有平底鍋。」

「不是考察。」喬說。「是問你要不要去**喝下午茶**。」

「但是我不想買金屬叉。」平底鍋人說。「我根本不喜歡用叉子。從來沒喜歡過。謝謝你的好心，但我討厭金屬叉。」

「不是金屬叉，是喝下午茶、喝茶、喝茶！」喬大叫。

「喔，喝茶。」平底鍋人說。「怎麼不早說呢？早說我就知道了。」

「我剛剛就說過了嘛。」可憐的喬說。

「什麼？鎖過了門？」平底鍋人說。「我沒有鎖門啊，你可以直接把門打開。」

「他的聽力不太好。」芬妮說。「他一定有點聾。」

「胡說，我可沒有聾。」平底鍋人說，他現在又突然聽得非常清楚了。「我一點也不聾。只是我的鍋子太常敲來敲去，發出很大的聲音，所以耳朵裡有時會有回音，但我可沒有聾。」

「那真是太好了。」喬彬彬有禮的回答。

「貓真是太好了？不，我沒有養貓。」平底鍋人看向四周。「你們剛剛有看到貓嗎？」

「我剛剛沒說有貓。」喬耐心的回答。

「你說了。我有聽到你說。」平底鍋人爭論。「我不喜歡貓，倒是有養老鼠。我應該把貓找出來。」

平底鍋人開始到處尋找根本不存在的貓，身上的鍋子在他移動時鏗鏘作響。「喵喵、喵喵、喵喵！」他叫著。「喵喵、喵喵、喵喵！」

「沒有貓在你家裡！」月亮臉大吼。

「咖哩？你有看到我煮的咖哩嗎？」平底鍋人緊張的說。「我可不希望我煮的咖哩被你的貓吃掉。」

「我就跟你說，我們**沒有貓**！」喬有點生氣的大叫。「我們是要告訴你，你的朋友什麼名字先生在下面。」

平底鍋人似乎聽清楚喬說

的話了，他立刻停下找貓咪的動作。「什麼名字先生！」他高聲道。「他在哪裡？他跟我感情很好呢。」

「那你想不想跟他一起喝茶呢？」喬說。

「當然想囉。」平底鍋人說。「請告訴我他現在在哪裡。」

「他坐在從遠遠樹通往這裡的梯子上面。」喬大喊。「他現在就在那裡等著呢。」

「沒錯，在等我！」月亮臉小聲的說。

「噓！」芬妮說。平底鍋人聽見老朋友就在附近，立刻發出開心的歡呼，他一邊往懸崖走，一邊快樂的高喊。

「萬歲！我要去遠遠樹了！我要再次見到老朋友了！什麼名字先生在等著我一起喝茶！走吧！走吧！」

平底鍋人踩著懸崖上的平底鍋階梯往上走，身上的平底鍋和熱水壺不斷互相撞擊。孩子們和月亮臉跟在他後面。平底鍋人手忙腳亂的跑向通往遠遠樹的洞口，路上還掉了幾個平底鍋。

抵達洞口時，他往下一看就看到了什麼名字先生坐在樓梯上等待月亮臉。但平底鍋人當然不知道什麼名字先生是在等誰囉！他以為這位朋友是在等待他的到來呢！

「嘿！嘿！嘿！」他興奮的大喊，身上的一個平底鍋往什麼名字先生的頭頂掉了下去。「嘿，老朋友！」

什麼名字先生看著平底鍋往遠遠樹下掉落，一路上砸到許多樹枝，他想著，不知道誰會被這個平底鍋砸到。在聽到老朋友的叫聲時，他驚訝的抬起頭往上看。

「平底鍋人！」他叫道。「親愛的平底鍋人！見到你真是開心！」

「柴薪？」平底鍋人這下又全都聽錯了，他說：「柴薪？不，我沒有柴薪。但如果你需要，我可以幫你劈一些柴。」

「你還是一樣傻呢，親愛的平底鍋人！」什麼名字先生高喊。「快下來。我可沒提到柴薪。跟我一起喝茶吧。熱水壺要滾了。」

「我才沒有要滾呢。」平底鍋人說，身上的鍋子和水壺不斷發出巨大的鏗鏘聲。「我是來跟你喝茶聊天的。萬歲！」

他一腳踏在梯子上，但不幸的是，下一腳他就踩到了腿上的熱水壺，於是摔了下去，「噹啷、鏗鏘、砰啪！」平底鍋人掉下去時，什麼名字先生伸手想要拉住他，卻也跟著掉了下去，兩個人從梯子上滾落，穿過樹枝，經過月亮臉的門口，往樹底下墜落！

「他們走了！」月亮臉開心的說。「走的時候還帶著一大堆熱水壺和平底鍋。真是太好笑了！要是他們掉進洗多多夫人的洗衣盆裡，一定會讓她嚇一大跳！」

孩子們笑到眼淚都流出來了。平底鍋人真是太有趣了，他們無法想像樹上的居民聽見平底鍋人掉下去所發出的巨大鏗鏘聲時會怎麼想。

「現在我們可以下去了。」喬從梯子上往下看。「他們不見了。不知道是不是已經掉到樹底了。走吧，月亮臉。」

他們爬下梯子，跳下最頂端的樹枝，打開月亮臉家的門。絲兒還在月亮臉家，看起來嚇得丟了半條命。看到他們進來時，絲兒高聲歡呼。

「妳怎麼看起來這麼害怕？」月亮臉抱住絲兒問。

「喔，我的天，剛剛有閃電還是什麼東西從天空上掉下來，沿著樹幹滾下去了。」絲兒說。

「那只是平底鍋人和什麼名字先生而已。」喬大笑著說，他把剛剛遇到的事都告訴絲兒。絲兒笑到肚子都痛了。她跑出門，往樹下偷看。

「你們看！」她說著伸手指了指下面。「你們有看到嗎？在很下面的樹枝中間？」

他們全都往下看，看到了什麼名字先生和平底鍋人正奮力的往什麼名字先生家攀爬，兩人都在大聲說話。

「他們已經忘了我們。」喬開心的說。「月亮臉，看在老天的份上，別再往什麼名字先生的嘴巴裡放橡實啦。我們吃點東西吧，吃完之後我們就該坐你的滑溜溜滑梯下樹了。」

他們五個人圍坐在月亮臉有趣的房間裡，吃了一些絲兒拿上來的啪一聲蛋糕，又喝了一些用橡實做的美味橡實汁。這時也到了孩子們該回家的時間，他們各選了一個靠枕，坐在遠遠樹的溜滑梯頂端往下一滑，飛也似的在樹幹裡滑了一圈、一圈又一圈，最後從樹底的活板門飛出來，降落在青苔緩衝墊上。然後，他們用最快的速度趕回家，因為時間已經太晚了。

「希望平底鍋人已經回到他奇怪的家了。」喬在他們穿越柵欄門時說。

但平底鍋人沒有回家。隔天他來找孩子們，平底鍋互相敲擊的聲音實在太吵了，媽媽馬上露出了緊張的表情。

「你是什麼人？」她在平底鍋人走到柵欄門前時問。

15 平底鍋人走錯國！

媽媽和三個孩子一起盯著奇怪的平底鍋人走到柵欄門前。他戴著一個特大號的平底鍋當作帽子，往這裡走來的路上，不斷敲擊兩個鍋子，唱著毫無道理的怪歌：

「兩粒豆子給一個布丁，
兩顆櫻桃給一個派，
兩隻腳給一張桌子，
轉呀轉唷轉！」

唱到最後一個「轉」時，他用平底鍋敲了敲門。媽媽打開了門。

「不要發出那麼大的聲音。」她說。

「沒有啊，我沒看到什麼真金。」平底鍋人說，他的鍋子撞在一起，發出好大的聲響。然後他看到孩子們，立刻熱情的對他們招手。「你們好啊！月亮臉告訴我你們住在這裡。」

「他是誰？」媽媽擔心的問。「孩子們，這個奇怪的老先生還好嗎？」

「他很好。」喬說，他希望媽媽不要追問太多問題。「媽媽，我們可以帶他去花園嗎？讓他進屋的話會太吵。」

「可以。」媽媽說，她想要繼續洗衣服。「你們可以帶他過去。」

「歌曲？」平底鍋人親切的說。「妳是說妳想聽歌曲嗎，女士？」

他再次唱起歌來，一邊唱還一邊敲擊鍋子打節拍：

「兩隻小豬給豬圈，
兩隻小鞋給小馬，
兩頂帽子給老虎，
全是粉紅色的呀。」

孩子們推著他進了後花園。

「你唱的這首歌真的非常、非常蠢。」貝絲對著平底鍋人的耳朵大聲叫著。「這首歌叫什麼名字？」

「沒有名字。」平底鍋人說。「我剛剛編出來的。這首歌很簡單，除了最後一句歌詞，每句歌詞都是『兩』開頭的。我很遺憾妳覺得這首歌很蠢。」他看起來似乎被冒犯了。接著，他又突然露出微笑道：「我是來問你們要不要來我家喝茶的。」

「什麼名字先生也會去嗎？」喬問，他不太想遇到什麼名字先生。

「野人嗎？我家那裡沒有野人，但你頭髮這麼亂倒是有點像。」平底鍋人看著喬亂糟糟的頭髮說。

「我是說：『什麼名字先生也來嗎？』」喬高聲說。

「野狼嗎？」平底鍋人露出緊張的表情。「這裡不可能有野狼吧？」

「不，我絕對不是在說野狼啊。」喬呻吟了一聲。「好——我們會去，但要先問問媽媽。」

媽媽同意他們去喝下午茶，但依然覺得平底鍋人太大聲又惱人。

「再見。」媽媽在孩子們與平底鍋人離開時說。

平底鍋人簡直就是世界奇觀，但他的表情總是那麼歡樂，三個孩子不禁越來越喜歡他、信任他。

他們很快就來到遠遠樹下，這時他們發現月亮臉想出了一個不可思議的好方法。他向洗多多夫人借了最大的洗衣籃，用繩子綁住籃子，往下垂落到樹底。等孩子全都坐進洗衣籃裡，他和絲兒就可以把孩子們拉上去，這麼一來就不用爬那麼高、那麼高的距離了！

「這個主意太棒了！」喬欣喜的說。他們全都爬進籃子裡。爬進籃子對平底鍋人來說有點困難，但他們最後還是成功挪出空間，不過平底鍋人好像覺得坐在自己的平底鍋上非常不舒服。

「向上拉！」喬高聲大喊，接著籃子便穿過重重樹枝開始往上升。上升的過程非常順利，孩子們很喜歡這趟奇妙的旅程。最後他們終於升到了一根大樹枝前，一一從籃子裡爬出來。這根樹枝離樹頂的月亮臉家很近。月亮臉在一旁整理繩子，又大又亮的臉上掛著微笑。

「我把你們拉到夠高的地方了吧？」他問。平底鍋人緊張的看向他。

「貓的地方？」平底鍋

人說。「又有貓啊？哎呀呀！希望這隻貓不要跑到我家去，我家還養了老鼠呢。」

「他又要開始找貓了。」貝絲說。沒錯，平底鍋人開始東看西看，喊著：「喵喵、喵喵、喵喵！」

「別管他了。」月亮臉說。「我們上梯子吧，他想要跟你們在奇怪的平底鍋小屋裡一起喝茶！」

「走了，平底鍋人！」喬大叫。「你要跟我們一起喝茶的話，最好趕快出發啦！」

平底鍋人這次聽清楚了。他停下找貓咪的舉動、跑上梯子。他往上一跳就穿越了雲上的洞，抵達了雲朵上方。

很快的，平底鍋人就離開孩子們的視線了，這時他開始喊叫：

「喔——！喔——啊！噢——嗚——！」

孩子們緊張的傾聽。「這是怎麼回事？」喬說。

「唧！碰梆！鏘噹！啪咚！」

「聽起來像是他在熱水壺和平底鍋上打滾的樣子！」貝絲說。「他在做什麼呀？」

「喔——噢——！」平底鍋人在他們頭頂上大叫。「停下來！啊！停下來！」

「一定是有人在打他！」喬高喊，他跳上梯子。「你們也一起來！我們可以一起趕跑敵人！」

他飛也似的爬上梯子，貝絲、芬妮和月亮臉跟在身後，全都穿越了雲朵中間的洞，抵達上方的國度。

但是，啊，我的老天啊！這裡不再是平底鍋人窄小又被雲朵環繞的小小土地了！這裡完全變成了另一個國度！

「我的土地不見啦！」平底鍋人尖叫。「我不知道我的土地不見了！這裡是別的地方！喔——！」

也難怪他會大喊：「喔——！」他剛剛站立的那一小塊平地突然像果凍一樣顫抖了起來，接著突如其來的向上升高，變成了山丘！平底鍋人飛速的從山上滾落下來，身上的鍋子像鈸一樣發出響亮的敲擊聲。

「這裡是搖擺國！」月亮臉絕望的說。「動作快！回去梯子那邊鑽進洞裡，不然等一下就會忘記洞在哪裡了！喂，平底鍋人，快過來這裡！」

「你說知書達理？」平底鍋人高聲回答，站起身。「知書達理很重要，我們都應該知書達理。」

「過來這裡、這裡、這裡！」喬絕望的大吼。「穿過雲朵的洞在這邊。我們要趕快下去！」

平底鍋人開始順著下坡往他們跑去，但腳下的土地又突然反轉了高低方向，平底鍋人、孩子們和月亮臉發現自己原本順著跑的下坡反了過來，距離雲朵中的洞還有親愛的梯子越來越遠！他們想要停下腳步、想要走回去突然增高的山丘，但是腳下的土地又變得更斜了，最後他們再也沒辦法好好站著，只能趴在地上。

然後，他們開始往山坡下滾，一路滾了好遠！轉了一圈又一圈，一圈又一圈，一路上平底鍋人的鍋子一直發出可怕的鏗鏘聲。

「喔——噢！喔啊——！」眾人喊叫著。

「我們找不到洞了！」喬高呼。但還來不及多說一個字，就撞進了一個樹叢裡，讓他幾乎喘不過氣來！很快的，所有人就在山腳下躺成一堆，每個人都在努力恢復呼吸。

「地面終於不動了。」貝絲說，她拍了拍身上的灰塵。「這個國度真是讓人疲倦。月亮臉，這裡一直都是這樣嗎？」

「喔，沒錯。」月亮臉說。「這裡從來不會停止。土地會不斷在這裡升高，又在那裡下降，現在前後搖晃，等一下又上下跳動。大家都說有一個巨人躺在下面，想要把這片土地從背上甩下去。」

16 滾來滾去的搖擺國

搖擺國真是個令人討厭的地方。孩子們才剛小心翼翼的站起來走了幾步，腳下的土地又用一種嚇人的方式突然下降、上升或歪斜。

他們又開始往下跌，轉了一圈又一圈！平底鍋人發出巨大的聲響，他看到自己的平底鍋和熱水壺撞得歪七扭八時，幾乎快哭出來了。

「月亮臉！」喬大吼。「我們要怎麼離開這裡？你知道方法嗎？」

「離開的方法，就是爬下通往遠遠樹的梯子！」月亮臉高聲回答，他正忙著從一個突然出現的小山丘上滾下來。「大家要努力尋找洞口，否則就永遠也走不了了。等到搖擺國離開遠遠樹上方，我們就沒辦法離開了！」

他說的話讓所有人嚇了一跳。要住在這片從早到晚都在震動和搖晃的土地上可不是一件令人開心的事！他們全都開始努力尋找來到搖擺國時經過的那個洞口。

沒多久，地面又開始進行不一樣的動作了。地面用非常快的速度升起又落下，就好像快速的呼吸！地面升起時，孩子們被丟到空中；地面下降時，他們又全都滾到凹洞裡，動也不能動。每個人都覺得實在太不舒服了。

「我快要全身都是瘀血了！」貝絲放聲大叫。「老天啊，真希望我們能找到搖擺國裡比較沒那麼會晃動的地方。我們現在一定位於最糟糕的位置。」

他們在地面下一次停止移動後，立刻用盡全力跑向旁邊的森林。到了森林裡，他們竟然看到了一個攤販！

在搖擺國見到攤販實在太令人吃驚了，他們全都停下腳步盯著看。

「店裡賣什麼？」喬說。

「電鈴？」平底鍋人說，他又聽不清楚了。「我看這裡應該沒有電鈴，你要找電鈴幹嘛？」

「我是說：『店裡賣什麼？』」喬說。

「不，我可不想參加典禮。」平底鍋人說，他看向四周，似乎期待會看到舉辦典禮的舞台。

喬放棄了。他仔細端詳攤販。這個攤販是一個寬寬的小攤子，後面有一間狹小的房屋。喬思考著：「這附近沒有人，但是煙囪正冒出白煙，所以一定有人住在這裡。」

「走吧。」他對其他人說。「握緊彼此的手，這樣才不會分散。我們去那間奇怪的攤販那裡，看看能不能找到人幫助我們。」

他們走上前去。攤子上高高堆滿了五顏六色的靠枕，每個靠枕都綁著繩子。

「太好笑了！」貝絲吃驚的說。「綁著繩子的靠枕！怎麼會有人想來這裡買這種靠枕呀？」

「我就想要買一個！」月亮臉立刻說。「天啊，要是能把一個胖胖的靠枕綁在前面，另一個在後面，就不介意像剛剛那樣滾來滾去了！」

「喔，你說得對呢，所以這個靠枕上才會有繩子。」貝絲愉快的說。「我們買一些靠枕吧，這麼一來就不會再被撞出瘀血了。」

就在此時，一個尖鼻子的矮小女人從窄小的房子裡走了出來，她身上綁滿了靠枕，正盯著孩子們看。她甚至連頭上都綁了一個小靠枕，看起來滑稽極了。

　芬妮咯咯笑了起來，她太不會挑時機了。矮小的女人露出生氣的表情，瞪著芬妮。

「你們想要買我的靠枕嗎？」她問。

「是的，謝謝妳。」月亮臉說，伸手摸向口袋。「靠枕怎麼賣？」

「每個靠枕五銀幣。」女人說，她看見月亮臉把手伸進口袋裡拿錢時，眼睛立刻閃閃發光。月亮臉氣餒的看向女人。

「妳賣太貴了吧！」

他說。「我只有一枚銀幣。平底鍋人，你有帶錢嗎？」

「不，我沒有帶鹽，我又不是賣鹽的。」平底鍋人說。

「我是說錢、錢、錢！」月亮臉高聲大叫，把手上的銀幣拿給平底鍋人看。

「喔，錢啊。」他從熱水壺裡拿出一個圓形錢包。「當然有啊，我有很多錢。」

但圓形錢包裡空空如也！平底鍋人表情悲慘的看著錢包。

「我的錢一定是在剛剛滾來滾去的時候全都掉出來了。」他說。「裡面一毛錢也沒有了！」

孩子們也沒有錢。月亮臉拜託尖鼻子的矮小女人用一枚銀幣的價格借他們一些靠枕，但女人搖搖頭。

「我不出借任何東西。」她說完後，就走回屋子裡，大聲甩上門。

「真是太糟糕了。」月亮臉說，他握著喬的手，難過的走離這個攤販。「她真是個壞心的老傢伙！喔，你們看，那裡有人，他們全都綁著靠枕呢！」

眼前的那些人看起來非常怪異，每個人身上都綁著各種顏色、大

小、形狀的靠枕，小心翼翼的走在道路上。其中一個男人把一條大大的被子裹在身上，貝絲覺得這真是好主意。

「搖擺國現在變得好平靜喔。」她對芬妮說。但話說得太快了，她才剛說完這幾個字，地面就開始升高，先往這邊上升，接著又往另一邊上升。

地面先是這邊跳起來，接著另一邊又跳起來，孩子和其他人全都順著地面往這邊滾過來，又往那邊滾過去，這一刻往上，下一刻又往下。

「喔——」孩子們發出痛

苦的叫聲。

「真希望能買下剛剛那些靠枕！」月亮臉喊著，他滾動的時候把鼻子都撞歪了。

「碰梆！鏘噹！啪咚！」平底鍋人滾動時，熱水壺和鍋子發出的噪音實在太吵了。

「喔——快看！」貝絲突然開心的尖叫，伸手指著身後樹林裡的那間攤販。攤販下面的土地不斷向上傾斜，所有靠枕都朝他們滾了過來。

「抓住靠枕！」喬大喊。他們抓了幾個靠枕，牢牢的綁在身上。我的天啊，綁了靠枕之後，在地上滾來滾去的感覺真是好太多了！

「那個壞心的老女人活該！」平底鍋人說，他正努力把靠枕綁在他和平底鍋周圍。

就在這時候，其中一位搖擺國的國民突然發出了一聲驚恐的喊叫，他抓住了距離他最近的一棵樹。接著一陣奇異的風吹過來，同時傳來了一陣低沉的節奏聲。

「這是怎麼回事？」月亮臉高聲呼喊。

「快抱住樹幹！快抱住樹幹！」周圍的人喊道。「每當這陣風帶來這種聲音，就代表整個土地將要顛倒過來，試著把每個人甩下去了。唯一的希望就是抱住樹幹！」

他們說得沒錯，土地正在慢慢傾斜，這次不像之前那樣只傾斜一小塊或一小部分，而是整個都在慢慢傾斜！這真是太驚人了。月亮臉嚇壞了。他試著找到樹幹抱住，同時對其他人大喊：「抱住樹幹！快點！」

沒有人成功抱住樹幹，因為他們現在在草原上，已經距離森林太遠了。土地緩慢而確實的往側邊不斷傾斜，孩子們、月亮臉與平底鍋人開始在靠枕的包裹之下往下方滾動。沒有人覺得自己會瘀血，但他們都非常恐懼。要是從這塊土地上滾下去，會發生什麼事呢？

他們不斷往下滾了又滾，越來越靠近搖擺國的邊緣，然後，月亮臉突然消失了！上一刻他還在那裡，下一刻就不見了！這真是太詭異了。

半分鐘後，他們聽見月亮臉異常激動的高聲叫喊。「天啊，各位！我掉進通往遠遠樹的洞裡了，真是沒想到呢。我會把靠枕往洞的上方丟，這樣你們就知道洞在哪裡了。盡量往這裡滾過來！動作快！」

接著孩子們和平底鍋人看到兩個靠枕冒出來，立刻知道洞的位置，盡可能往洞的方向滾，一個接著一個越來越接近洞口。

貝絲直直滾進洞裡，撲通一聲，下墜時抓住了梯子。下一個滾下來的是喬，他沒有抓到梯子，碰一聲落在遠遠樹最上面的樹枝上。

平底鍋人接著滾過來，但他卻卡在洞口，因為身上不但有熱水壺和平底鍋，還綁了靠枕，實在太胖了，幾乎沒辦法通過。

「喔，快點、快點、快點！」喬大喊。「快下來，平底鍋人，下來啊！如果不快點下來，可憐的芬妮會滾超過洞口的！」

平底鍋人眼睜睜的看著芬妮滾過去。可憐的芬妮！一旦滾超過了洞口，就再也不可能滾回來

了，因為滾回來就表示要往上坡滾動。平底鍋人快如閃電的伸出手，抓住芬妮背後綁住靠枕的其中一根繩子。芬妮瞬間停了下來。

這時平底鍋人的其中一個熱水壺滑了下去，所以他成功的從洞口往下掉，發出了巨大的聲響。月亮臉抓住了他，然後平底鍋人用力拉了一下芬妮的繩子，於是芬妮也從洞口掉了下來，柔軟的掉落在遠遠樹最上面的樹枝上，因為她身上綁著靠枕！

「真是謝天謝地你找到了這個洞呢，月亮臉！」眾人說。每個人看起來都嚇得不輕。「這場冒險真是太嚇人了！」

17 貓頭鷹送來的邀請信

沒有人喜歡這次在搖擺國的冒險，但話又說回來，他們本來也沒有打算去搖擺國。他們坐在月亮臉家裡，解開把靠枕綁在身前和身後的繩子，檢查身上所有的瘀血。

「這些靠枕要怎麼辦呢？」貝絲說。

「我猜月亮臉可以好好利用它們。」芬妮說。「滑溜溜滑梯很需要靠枕，對不對，月亮臉？」

「沒錯，滑溜溜滑梯的確很需要靠枕。」月亮臉的大臉上露出了喜悅的笑容。「有些靠枕已經又老又舊了，我們也不可能把這些靠枕拿去還給搖擺國那個愛生氣的老女人，不如就用在滑溜溜滑梯上吧。」

「好。」喬說，他把兩個靠枕交給月亮臉。其他人也依樣畫葫蘆。月亮臉覺得很滿足。他替每個人倒了一杯檸檬汁，接著拿出一個小盒子給眾人，裡面裝的東西看起來像是各種太妃糖。

「我覺得我們不該再爬到遠遠樹上面的國度了。」喬說，他咀嚼著一顆奇怪的太妃糖，太妃糖在嘴裡沒有變小，反而越變越大。

「我也這麼覺得。」貝絲說。

「我永遠都不會再上去了！」芬妮說。「我覺得上面好像沒有半個值得去玩的國度。每個國度都讓我很不舒服。」

「我的小土地是例外。」平底鍋人說，他咀嚼著滿嘴的糖。「我在我的小土地時舒服極了。」

喬的太妃糖現在變得好大，大到他不能說話了。接著，太妃糖突然在嘴裡爆炸，然後消失了，讓喬感到無比震驚。

「喔，老天！你吃到嚇人太妃糖了嗎？」月亮臉注意到了喬驚訝的表情。「真抱歉。再挑一顆不一樣的太妃糖吧。」

「不了，謝謝你。」喬說，他覺得一顆嚇人太妃糖就夠了。「我們應該走了。現在一定很晚了。」

「平底鍋人回不去他家了，要怎麼辦呢？」貝絲問，她挑了一個黃色靠枕，準備從樹上滑下去。

「喔，他會和什麼名字先生一起住。」月亮臉說。「啊哈！他不小心吃到嚇人太妃糖了。喔，你們快看他！」

他們全都看向平底鍋人。他嘴裡的嚇人太妃糖變得巨大無比，看起來好像要爆炸了。然後它真的爆炸了，平底鍋人的嘴裡什麼都沒有了。他眨眨眼，看起來訝異極了，每個人都發出震耳欲聾的笑聲。

「你剛剛吃的是嚇人太妃糖！」月亮臉說。

「蝦仁大麵糖？」平底鍋人說，看起來更驚訝了。「我的天！」

「走吧！」貝絲咯咯笑著說。「是時候該走囉。下次見啦，月亮

臉。再見了，平底鍋人！」

她從溜滑梯滑下去，繞了一圈又一圈，便從底下的活板門飛了出去。接著芬妮飛了出來，然後是喬。

「再見了！」他大喊。「再見了！」

媽媽看到他們的瘀血時嚇壞了。「你們到底做了什麼事？」她說。「你們受了這麼多傷，下次我絕不會再讓你們跟平底鍋人出去玩了。而且你們的衣服也髒透了！」

喬好想告訴媽媽搖擺國和今天經歷的冒險，但他很確定，媽媽一定會覺得他在編故事。所以他什麼都沒說，只是把髒衣服換下來。

接下來的一個星期家裡都沒有發生什麼好事。爸爸在某天晚上賠了一些錢，媽媽也找不到太多洗衣服的工作，所以他們很缺錢。孩子們不能再像以前一樣，想吃多少東西就吃多少東西了。

「要是能有幾隻母雞就好了！」媽媽嘆氣。「母雞至少可以下蛋給我們吃。要是有一隻小羊能擠奶就更好了。」

「我想要新的花園鏟。」爸爸說。「我的鏟子昨天壞了，現在沒辦法處理園藝。我們需要盡可能種植多一點蔬菜，因為我們現在買不起。」

讓這個星期更糟糕的是，爸爸非常生氣孩子們和平底鍋人出去玩時把衣服弄壞了。

「如果你們只懂得這樣對待你們唯一一套好衣服，那以後最好都待在家裡，不用出門了！」他責罵道。

孩子們不喜歡被罵，貝絲盡其所能的把衣服修補好。兩個星期過去了，孩子們連兩小時的自由時間都沒有，也沒辦法去找月亮臉。

「他一定會擔心是不是發生什麼事了。」芬妮說。

月亮臉的確很擔心。他日日夜夜都等著孩子們來見他，他和絲兒都很擔心發生什麼事了。

「我們可以請穀倉貓頭鷹帶一封信給孩子們，要他們快點過來。」最後絲兒說。她從遠遠樹上往下爬了一小段路，來到穀倉貓頭鷹住的洞前。她敲了敲貓頭鷹的門，他啄開了門。

「什麼事？」他用沙啞的聲音問。

「喔，親愛的倉倉，你可以把這封信帶到樹林邊緣的小房子，拿給住在那裡的孩子們嗎？」絲兒用最甜美的聲音問。「你今晚要去狩獵，對嗎？」

「對。」穀倉貓頭鷹說，他用巨大的爪子接過絲兒手上的信。「我會送過去的。」

他走出來，碰一聲關上門，搧動淺褐色的巨大翅膀，像風一樣寂靜無聲的飛上天。他飛到了孩子們住的小屋子外。孩子們正在床上熟睡。

倉倉降落在外頭的樹上，發出沙啞的大聲鳴叫。孩子們立刻嚇醒。

「那是什麼聲音？」貝絲說。

喬從房裡走出來。「妳

們有聽到嗎？」他問。「那是什麼啊？」

穀倉貓頭鷹再次發出沙啞的鳴叫。他的聲音可怕極了，孩子們全都嚇得跳起來。喬勇敢的走到窗邊往外看。「外面有人受傷嗎？」他問。

「是我！」貓頭鷹再次發出沙啞的叫聲，喬嚇得差點從窗戶摔出去！穀倉貓頭鷹張開巨大又柔軟的翅膀，向喬飛過來。他把信丟在窗台，再次發出刺耳的鳴叫，然後飛進夜色裡，開始尋找老鼠了。

「那是穀倉貓頭鷹！」喬說。「他送了一封信來！快點，把床頭燈打開，看看信上寫了什麼！」

他們打開了燈，聚在一起讀信。信上面是這麼寫的：

「喔——！」芬妮興奮的說。「想拿什麼都可以國！啊，我想要拿幾隻母雞。」

「我想要拿一隻羊！」貝絲說。

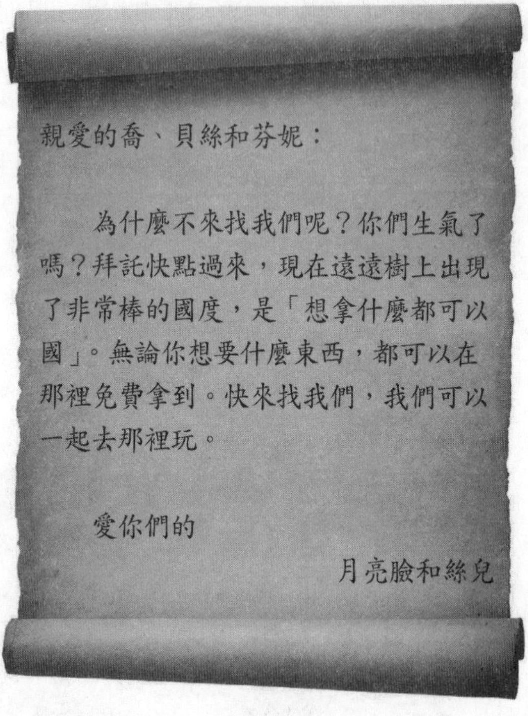
親愛的喬、貝絲和芬妮：

為什麼不來找我們呢？你們生氣了嗎？拜託快點過來，現在遠遠樹上出現了非常棒的國度，是「想拿什麼都可以國」。無論你想要什麼東西，都可以在那裡免費拿到。快來找我們，我們可以一起去那裡玩。

愛你們的

月亮臉和絲兒

「我想要替爸爸拿一支新鏟子！」喬說，但接著皺起眉頭。「我已經打定主意，不要再上去那些奇怪的國度了。」他說。「因為你永遠不知道會在那裡遇到什麼事。我們最好還是不要去。」

「噢，喬！」貝絲喊著。「拜託啦，一起去嘛！如果這次是個很棒的國度，上去也沒有什麼關係呀。」

「噓——妳會把媽媽吵醒的！」喬說。「明天再看看吧。如果我們能有一些自由時間，就過去問問月亮臉，那裡是不是真的夠安全。現在我們最好先上床睡覺。」

但他們這天晚上睡得很少！沒錯，他們全都在想像「想拿什麼都可以國」是什麼樣子，他們都好想知道明天到底能不能去那裡探險！

18 想拿什麼都可以國

隔天一切都很順利。孩子們幫忙媽媽打掃了整間房子，喬很驕傲的從花園裡摘了一些自己種的青豆和萵苣。媽媽很開心。

「吃過午餐之後，如果想出去玩就去吧。」她說。「你們今天都表現得很乖。」

孩子們欣喜的看了彼此一眼。他們最希望的事情發生了！太好啦！

「走吧！」喬在吃完午餐後說。「不要浪費任何一秒！」

「要不要帶飲料去喝呢？」貝絲說。「我們可以帶些檸檬汁。」

「我覺得『想拿什麼都可以國』應該會有檸檬汁。」喬微笑著說。

所以他們跑出家門，向媽媽揮手道別。沒多久，他們就進入了魔幻森林，耳邊響起樹木竊竊私語的聲音：「嘩唰、嘩唰、嘩唰！」

他們跑過灌木叢和樹木，找到了遠遠樹，開始往上爬。經過憤怒妖精的窗口時，喬想要找點樂子，於是偷偷從窗口往內看。但他馬上就後悔這麼做了，因為憤怒妖精就在裡面，還往可憐的喬潑了一碗涼湯。

「喔！」喬生氣的看著灑在衣服上的湯。「你這隻壞妖精！」

憤怒妖精發出了愉快的笑聲，然後碰一聲大力關上窗戶。

「噢！喬，你身上都是洋蔥的味道！」貝絲皺著鼻子說。「希望這個味道等一下會散掉。」

喬用手帕把身上的湯擦乾。他告訴自己，總有一天他會讓憤怒妖精付出代價的！

「走啦。」芬妮不耐煩的說。「再拖下去永遠都別想爬上去了！」

他們經過了穀倉貓頭鷹的家門口，看到他坐在裡面睡得很熟。他們來到了絲兒的黃色小門前，但她不在家。門上貼著一張紙條，上面寫著：「出門了，很快回來。」

「她一定是去找月亮臉了。」喬說。「好了，現在要小心洗多多夫人的水囉。」

他的提醒非常即時，才說完沒多久，就有一大堆肥皂泡泡像瀑布一樣從上方沖下來。芬妮尖叫著躲開了，貝絲也是。喬的衣服沾到了一點泡泡，讓他很生氣。
「別在意嘛！」芬妮咯咯笑說。「喬，泡泡會洗掉洋蔥湯呀！」
他們繼續往上爬，爬到了什麼名字先生家。他像往常一樣，張著大嘴坐在躺椅上熟睡。平底鍋人則坐在什麼名字先生旁，一樣睡得很熟，他像往常一樣掛滿了平底鍋和熱水壺，看起來睡得很不舒服。
「別把他們吵醒了。」喬小聲的說。「最好不要停下來跟他們聊天。」所以他們偷偷從兩個人身邊溜過

去，但就在他們爬到上面的樹枝時，平底鍋人醒來了。

他用力聞了聞，然後戳了戳什麼名字先生。「發生什麼事了、發生什麼事了？」他的朋友說。

「你有聞到洋蔥的味道嗎？」平底鍋人說。「我聞到好重的洋蔥味。會不會是遠遠樹今天在我們附近長了洋蔥？我最愛洋蔥湯了。」

喬和女孩們笑到眼淚都流出來了。「平底鍋人聞到的是你身上的洋蔥湯味。」貝絲說。「天呀！他們等一下一定會花一整個下午的時間找遠遠樹上長出來的洋蔥！」

他們離開了這兩個滑稽的傢伙繼續往上爬，然後被洗多多夫人倒下來的第二桶水澆個正著。洗多多夫人今天洗的衣服可真多，在孩子們快爬到她家時，她把一大桶洗衣水往下倒。

「嘩啦啦——嘩啦啦！」肥皂水全都淋在孩子們身上，每個人都溼透了。他們倒吸了一口氣，像小狗一樣甩了甩身上的水。「快點！」喬說。「我們快去月亮臉家，跟他借幾條毛巾。這真是太可怕了！」

他們終於抵達了月亮臉家。親愛的月亮臉和絲兒跑出來想要擁抱他們，但發現孩子們身上都在滴水時，驚訝的停下腳步。

「外面在下雨嗎？」月亮臉說。

「你們剛剛穿著衣服洗澡嗎？」絲兒問。

「不是啦。只是洗多多夫人像平常一樣往下倒了洗衣水。」喬惱怒的說。「我們躲過了第一桶洗衣水，但沒有躲過第二桶。你能借我們幾條毛巾嗎？」

月亮臉笑著從彎曲的櫥櫃裡抽出幾條毛巾。孩子們努力把自己擦乾，月亮臉趁這個時候告訴他們「想拿什麼都可以國」的事情。

「那是個非常驚奇的國度。」他說。「你可以在那裡到處亂走，想拿什麼就拿什麼，不用付半毛錢。只要有機會，每個人都會去那裡。你們可以和我跟絲兒一起去逛逛。」

「你們確定真的很安全、很安全嗎？」喬問，他正在擦拭頭髮。

「喔，非常安全。」絲兒說。「唯一要注意的是別在那裡停留太久，以免『想拿什麼都可以國』從遠遠樹上跑走，到時候就沒辦法從洞口下來了。但月亮臉說他會坐在梯子上，只要發現『想拿什麼都可以國』要移動，就會大聲吹口哨。」

「太棒了。」喬說。「我們有好多想拿的東西。我們出發吧！」

他們爬上了最頂端的樹枝，往白色雲朵前進。上面的梯子像往常一樣引導他們通往樹上的國度。他們一個接著一個爬上梯子，抵達了魔法雲朵上方的奇妙國度。

這個國度真的很有趣！上面擠滿了一大堆東西和人，連移動都很困難。各種動物在四周行走；到處都是一袋袋物品，從黃金到馬鈴薯都有；每個地方都有販賣美味蔬菜水果的攤位；就連椅子和桌子這一類的東西也到處都是，等著眾人拿取。

「天啊！」喬說。「真的什麼都可以拿嗎？」

「什麼都可以拿喔！」月亮臉說，他在雲中間的梯子上坐了下來。「你們看那裡的地精，他們打算把找到的黃金全都帶走！」

孩子們看向月亮臉指的方向。那裡的確有四個地精，正努力拖著視線內能看到的每一袋金子移動。他們一個接著一個拖著裝了金子的袋子，搖搖晃晃的爬下梯子，消失在遠遠樹上。旁邊還有一群小仙子在尋找各式各樣想要的物品——衣服、外套、鞋子、會歌唱的鳥、圖畫，什麼都有！他們很快就找到了想要的東西，歡樂的衝到梯子那裡，爬了下去。月亮臉覺得觀察這些人很有趣。

孩子們和絲兒則開始四處逛，驚奇的看著所有事物。

「你想要一隻可愛的胖獅子嗎，喬？」絲兒說，一隻大獅子正好經過，正在舔絲兒的手。

「不了，謝謝。」喬立刻說。

「那不然，長頸鹿呢？」絲兒問。「我覺得長頸鹿是很棒的寵物。」

「妳搞錯了吧。」貝絲說。一隻高大的長頸鹿正好從旁邊跑過去，就像一隻巨大的搖搖馬。「沒有正常人會想要養長頸鹿當寵物的。」

「喔，你們看！」芬妮大叫道。她看到了一個攤販，上面擺滿好多又大又美麗的時鐘。「我們拿一個鐘回家吧！」

「不了，謝謝。」喬說。「我們都知道自己想要什麼，除了想要的東西，不要拿別的。」

「我倒是想要一個時鐘。」絲兒說，露出了甜蜜的笑容，拿起一個小時鐘。小時鐘有兩隻腳，絲兒拿起時鐘後，那兩隻腳立刻大力扭動。

「它想要走路呢！」貝絲大笑道。「喔，絲兒，拜託妳讓它走路。我從來沒看過會走路的時鐘！」

絲兒把時鐘放到地上，時鐘立刻用又大又扁的腳開始小跑步。孩子們覺得這真是他們見過最滑稽的

畫面了。絲兒對她的新時鐘很滿意。時鐘每到整點就會響起，有時也會在整點之間響。每天晚上，時鐘的主人必須用鑰匙替時鐘上發條，讓時鐘繼續走動。

「這正是我一直想要的時鐘。」她說。「我要把它放在房間後面。」

「絲兒，妳應該知道妳的時鐘不會待在那裡吧？」貝絲問。「它會在妳家到處亂跑，無論妳在做什麼，它都會來偷看。要是它不喜歡妳，它就會跑走！」

「叮咚叮咚！」時鐘突然發出了清脆的叫聲，讓所有人嚇了一跳。時鐘發出聲音的時候會停止走動，接著又一路跑著跟在孩子們和絲兒身後。真是令人嘖嘖稱奇的時鐘！

「我們應該趕快去找想要的東西。」喬說。「貝絲，那是母雞嗎？」

「對，是母雞！」貝絲說。「好極了！快走，我們過去拿幾隻母雞。喔，這個國度真好玩！真開心我們決定要上來這裡！要是能拿到所有想要的東西就太棒了。不知道回家之後媽媽會怎麼說！」

19 月亮臉陷入困境

他們朝喬看到的母雞走去。這些母雞可愛極了，但顏色有些奇特，翅膀是淺綠色的，其他地方的羽毛則是黃色的。牠們的叫聲奇妙而尖銳，都非常友善，全都圍繞在孩子身邊，像貓一樣磨蹭著孩子們！

「你覺得媽媽會喜歡這種顏色的母雞嗎？」喬遲疑的說。

「媽媽沒有理由不喜歡牠們。」貝絲說。「我覺得牠們漂亮極了。問題在於，牠們會生好蛋嗎？」

其中一隻母雞立刻下了一顆蛋。這顆蛋很大，顏色跟普通的蛋一樣。貝絲很開心。

「就是你們了！」她說。「如果牠們下的蛋都跟這顆一樣大，媽媽一定會很滿意。這裡有幾隻母雞呢？一、二、三、四、五、六、七！不知道要怎麼做才能帶走牠們。」

「噢，牠們會跟著妳。」絲兒說。「就像我的時鐘會跟著我一樣！只要對牠們說妳想要帶牠們走，牠們就會跟著妳了。」

「母雞，我想要你們跟著我們走。」喬對牠們說，七隻綠翅膀的母雞立刻走向他，在後面排成一排，跟著孩子們走。這景象有趣極了。

「好啦，找到母雞了！」貝絲愉快的說。「現在來找羊和鏟子吧！」

他們四處走走看看。無論來到這個國度的人想要什麼，遲早都會找到想要的東西！這裡有船、各種狗、購物籃、鈴鐺、玩具、工作籃，甚至還有頂針這樣的小東西。

「這真是我見過最奇怪的地方了！」喬說。

「我們看起來也很奇怪呀！」芬妮咯咯笑著說，一回頭就看到有七隻母雞和一個小時鐘在後面跑。「喔，你們看！那裡有一隻我這輩子見過最可愛、最漂亮的白羊，我們就帶牠回去吧！」

的確，不遠處有一隻可愛的小母羊，牠有一雙溫柔的棕色眼睛和一對尖尖的耳朵，看起來幾乎和普通的羊一樣，唯一的差別在於尾巴上有兩個藍點。

「小白羊，跟我們走！」芬妮大叫道，白羊立刻快步跟上他們。牠

選了母雞後方位置，但似乎不太喜歡時鐘，因為時鐘每隔一陣子就會為了好玩而撞牠。

「小時鐘，別這樣。」絲兒說。

「希望妳的時鐘不會變成討厭鬼。」貝絲說。「它現在的舉動很傻！」

「該開始尋找花園鏟了。」喬說，這時他突然發現旁邊的籬笆放著一支看起來很耐用的鏟子，周圍還放著其他園藝用具。「女孩們，妳們覺得那支鏟子看起來怎麼樣啊？對爸爸來說夠耐用了，不是嗎？」

他拿起鏟子用力鏟進地面，這正是他想要的那種花園鏟。喬把鏟子放到肩膀上，四個人對彼此露出開心的微笑。

「我們已經找到每個人想要的東西了。」喬說。「走吧。現在回去找親愛的月亮臉吧，然後拿一些蛋糕回家吃。」

四個人領著身後的七隻母雞、一隻白羊還有時鐘，往他們和月亮臉分別的方向走去。但是月亮臉並沒有坐在一開始的位置。他正把一張掛在樹上的漂亮地毯拉下來。那張地毯是圓形的，正中間有一個洞。

「哈囉、哈囉！」月亮臉看到他們時大喊。「快看我找到了什麼！這正是我一直希望能放在我的圓形樹屋裡的東西——一張圓形的地毯，中間還有一個洞能讓人使用滑溜溜滑梯！太完美啦！」

「但是，月亮臉，你不是說過會替我們確認『想拿什麼都可以國』不會從遠遠樹上離開嗎？」絲兒緊張的問。「通往遠遠樹的洞在哪？」

「喔，就在那附近。」月亮臉說。他把地毯披在身上，搖搖晃晃的走過來。「來吧。我們一定能找到洞口。」

但他們沒有找到洞口！洞不見了，因為「想拿什麼都可以國」已經不在遠遠樹的上方了。

「月亮臉！你太糟糕了！」喬焦急的說。「你明明答應過我們。」

月亮臉的臉色蒼白，看起來非常擔憂。他四處尋找洞口，但沒有看到半個洞。他害怕得發起抖來。

「我害、害、害、害你們全都陷入可、可、可怕的困境中了！」他顫抖著聲音說。「我們現在被困在想、想、想拿什麼都可以國、國、國，但我們唯一想、想、想、想要的只有離開這裡！」

每個人都十分沮喪。這真是太糟糕了！

「我對你感到很生氣，月亮臉。」喬嚴厲的說。「你說過會替我們看好洞口，但卻沒有做到。我覺得你不是個稱職的朋友。」

「我也對你很失望，月亮臉。」絲兒說，她的眼眶中滿是淚水。

「我們去找人來幫忙吧。」月亮臉悶悶不樂的說，於是他們出發了，後面跟著他們的母雞、羊還有時鐘，時鐘的時間一直停在四點，沒有人知道為什麼會這樣。

但這時他們發現了奇怪的事。「想拿什麼都可以國」好像一個人都沒有了！所有的地精、妖精和精靈全都不見了。

「他們一定早就發現『想拿什麼都可以國』要離開遠遠樹，即時從梯子爬下去了。」月亮臉呻吟著說。「喔，我為什麼要離開洞口呢？」

他們在「想拿什麼都可以國」繞了一圈，這裡其實並不算大，但是擠滿了各式各樣的物品和動物，他們從沒看過這麼多東西堆在一起過。

「我不知道該怎麼辦！」絲兒說。「這裡的確有我們想要的每樣東西，我們不會在這裡餓死，但是我一點也不想永遠住在這種地方！」

他們這裡走走，那裡看看。突然之間，他們看到了一個之前沒有注意過的東西。是一個閃閃發亮的大飛機！這架飛機的上方是打開的，坐進飛機裡面的時候可以看清楚四面八方的狀況。

「喔——」喬說，他的眼睛閃閃發光。「你們看！真希望我能駕駛飛機！月亮臉，你會駕駛飛機嗎？」

月亮臉搖搖頭。絲兒也搖搖頭。「那就沒有用了。」喬嘆了一口氣。「我本來還想說可以搭飛機離開這裡呢。」

他爬上飛機仔細看了看。飛機上有五個把手。第一個貼著「向上」的標籤。第二個貼著「向下」。第三個標籤寫著「前進」，第四個和第五個分別是「往右」和「往左」。

喬激動的看著這些按鈕。「我覺得我有辦法駕駛這架飛機。」他說。「我真的覺得我有辦法駕駛它，看起來滿簡單的。」

「不要，喬，別這麼做。」貝絲緊張的說。但喬已經壓下了貼有「向上」標籤的把手了，其他人一句話都還來不及說，閃閃發亮的飛機就載著喬向上飛起，只留下眾人張著嘴巴站在地面往上看。

「現在連喬都不見了！」芬妮說完後開始大哭。飛機不斷往上飛又往上飛。在喬壓下「往右」的把手後，飛機開始繞圈子。壓下第三個把手時，飛機直直往前飛。壓下「向下」的把手時，飛機就向下降落。就是這麼簡單！

喬動作俐落的讓飛機降落，停在距離其他人不遠的位置。他們全都衝向喬，一邊大叫一邊大笑。

「喬！喬！你真的自己駕駛了飛機嗎？」

「沒錯，正如你親眼所見。」喬說著對眾人露出微笑，覺得非常自豪。「這其實很簡單。大家都上飛機吧，我們可以出發了。說不定只要飛得夠遠，就可以找到月亮臉認得出來的地方。」

他們全都上了飛機。貝絲把七隻咕咕叫的母雞放在後面，又把白羊放在腿上。鐘子則平放在地上。惹人厭的時鐘不願意待在原地，到處爬到每個人的腳上，想要從窗戶看向外面。絲兒開始覺得自己實在不該把時鐘帶上來了。

「準備好了嗎？」喬問，他壓下標示著「向上」的把手。飛機開始向上了！這種感覺真是太好了！他們全都感到非常興奮。

絲兒的鐘也興奮極了。它連續響了二十九次都沒有中斷。

「要是你再不安靜下來，今天晚上我就不幫你上發條了。」絲兒突然說。這句話成功的讓時鐘安靜下來了，它跑到一個角落躺了下來，再也沒有發出任何叮咚聲。

「真想知道我們現在要往哪裡去。」貝絲說。

但沒有人知道答案！

20 嚴厲女士與調皮孩子的學校

喬駕駛飛機的技術非常厲害。當飛機飛到夠高的高度時，就壓下「前進」的把手，讓閃閃發光的飛機直直向前飛。

孩子們都靠在飛機邊緣，想知道現在正往什麼地方飛行。他們很快就飛出了「想拿什麼都可以國」，進入一個奇怪的荒涼國度，這裡沒有樹也沒有草，視線範圍內連一棟房子都沒有。

「這是孤獨國。」月亮臉看著下面說。「不要降落在這裡，喬。繼續往前飛。」

喬繼續往前飛。途中有一次前面出現了一座巨大的山，他立刻壓下標示著「向上」的把手，否則飛機會直直撞上山壁。除此之外，這趟旅程十分有趣。喬以前都不知道，原來飛行這麼簡單。

貝絲腿上的小白羊乖得不得了，每隔一陣子就會像小狗一樣舔舔貝絲的臉頰。母雞也都乖巧安靜，時鐘則躺在地上一動也不動。

飛機飛過了一個蓋滿塔樓與城堡的地方。「是巨人王國！」絲兒說，她一臉驚奇的看著龐大的建築物。「希望我們不要在這裡降落！」

「我也覺得不要比較好！」喬說，他把「前進」的把手向下壓到最底，讓飛機像小鳥一樣用越來越快、越來越快的速度向前飛行。

孩子們的頭髮都被風刮得直直向後飄，絲兒一頭金髮看起來就像在風中綻放的一整片小黃花。他們穿過了棒棒糖國度和撲通之國。接著，飛機發出了奇怪的聲音！

「唉唷！」喬說。「怎麼回事？」

「應該是飛機累了。」月亮臉說。「它聽起來有些喘不過氣。」

「月亮臉，別傻了。」喬說。「飛機不需要喘氣。」

「這種飛機需要啊。」月亮臉說。「你聽不出來它在喘氣嗎？」

飛機聽起來的確像是在喘氣！它發出了「噗哈——噗哈——噗哈！」的聲音。

「要不要先降落，讓它休息一下呢？」喬說。

「要。」月亮臉說。他從側邊向下看。「這裡看起來很安全。我不知道這裡是什麼地方，但看起來很普通。那裡有個綠色的大房子，旁邊有個寬大的花園。喬，或許你可以降落在那個光滑的長草坪上。在那裡降落應該不會讓飛機晃得太厲害。」

「好。」喬說，他按下了寫著「向下」的把手。他們下降了，平順的往下飛。「蹦！」他們降落在草地上，用飛機的大輪子滑行了一段距離。飛機停下來後，所有人都下了飛機伸展自己的雙腳。

「休息十分鐘後，飛機就能再次運作了。」月亮臉拍了拍飛機說。

「不知道這是什麼地方。」絲兒說著看向四周。月亮臉盯著遠方的綠色大房子，然後皺起眉頭。

「老天啊！」他呻吟道。「我知道這是誰的房子了。這是一間學校，而且是嚴厲女士的學校！所有調皮的妖精、地精和小仙子都會被送到這裡來學習如何變乖巧，希望嚴厲女士不要發現我們。」

每個人都露出了緊張的神色，這時，一名個子高高的老女人沿著一條小路走了過來，長長的鼻子上架著一副大眼鏡，頭上戴著大大的白色軟帽。月亮臉往飛機跑去。

「快點！」他說。「是嚴厲女士！」

但還來不及逃跑，年老的女士就看見他們了。「啊哈！」她說。「又有一群調皮的孩子被送來讓我治療了！請往這個方向走。」

「我們不是被送過來讓妳治療的。」喬說。「我們降落在這邊，只是為了讓飛機休息一下。我們正要回家。」

「你真是太調皮了，居然編造出這種故事！」嚴厲女士突然用非常大聲又嚇人的聲音大叫，喬被嚇得跳了起來。「你們全都要跟我走。」

他們似乎無計可施了。喬、貝絲、芬妮、月亮臉、絲

兒、白羊和七隻母雞都跟在嚴厲女士後面，看起來悽慘無比。時鐘不願意走路，所以絲兒只好抱著它。

每個人都好餓。喬膽小的拉了拉嚴厲女士的袖子。「請問我們可以吃點東西嗎？」他問。

「再過幾分鐘就要開飯了。」嚴厲女士說。「所有人，頭抬起來！別停下腳步啊，小女生！」老女人嚴厲的說。她口中的小女生指的是可憐的芬妮，她嚇壞了，只能直直的站在原地。老實說，嚴厲女士不是個非常好的人。降落在她的土地上實在是非常不幸的一件事。

但他們想到有飯吃的時候，還是感到開心了一點點。他們被帶到一個很大的房間裡，裡面有很多妖精和小仙子。他們坐在一排排的木桌子前，但全都在嚴厲女士走進來時站了起來。

「去坐那裡。」嚴厲女士指向一張空桌子。孩子們、月亮臉、絲兒、羊和母雞全都坐了下來。時鐘站在桌尾，看起來正在生悶氣。孩子們低頭看向桌子。哇！好漂亮的蛋糕！好大一罐檸檬汁！

嚴厲女士仔細看了看所有站在桌子前面的人，皺起眉頭。「閃閃，過來！」她嚴厲的說，一位矮小的妖精走向她。

「我不是告訴過你，要在用餐之前好好梳頭嗎？」嚴厲女士對著閃閃的耳朵高聲喊著，讓閃閃哭了出來。

「還有塗塗，你的衣服破了！」嚴厲女士說。「塗塗，過來。」塗塗走到前面，被嚴厲女士用非常大的音量責罵了一遍。貝絲和芬妮都覺得有些緊張，希望自己的頭髮、雙手和衣服都乾淨又整齊。

「坐下！」嚴厲女士說完後，所有人都坐下了。

「要吃蛋糕嗎？」喬說著，把兩盤看起來非常可口的蛋糕分別遞給貝絲和芬妮，蛋糕中間還有櫻桃呢。

但接下來發生的事讓他們大吃一驚。蛋糕一碰到他們的盤子就變成硬邦邦的麵包！孩子們一句話也不敢說。他們發現每個人都遇到了同樣的狀況，只有嚴厲女士這餐開開心心的吃了蛋糕、檸檬汁和三明治。

檸檬汁一倒進孩子們的杯子裡就變成了水。這一切都令人失望透頂。吃飯的過程中，一位地精僕人走了進來，說有人想要和嚴厲女士談話，於是嚴厲女士走出了房間。

接著，唉呀呀，孩子們發現房間裡的這些妖精和小仙子真的非常非常淘氣呢！他們全都擠到孩子們的周圍，對他們又戳又捏，說話也非常粗魯無禮，害得芬妮哭了起來。

他們的聲音實在太大了，以致於沒有人聽見嚴厲女士回來的聲音。天啊，她簡直火冒三丈！她拍了拍手，所有人都嚇得半條命差點沒了！

「怎麼回事？」她嚴厲的高聲說。「排成一排！立刻從這裡出去！」孩子們害怕的發現，這位愛生氣的女士會在眾人經過時對著每個人的耳朵大吼，但當他們經過她面前時，她沒有對著他們大吼，因為她知道他們剛剛被其他人取笑了。這讓他們感覺好多了，甚至還有點開心。

「進教室。」嚴厲女士在最後一個孩子離開房間時說。他們全都進了教室，找了座位坐下，就連綠翅膀的母雞也有座位。

「好了，現在請回答黑板上的問題。」嚴厲女士說。「每個人都有紙筆。寫錯答案的人到時候一定會很後悔的。」

喬看向黑板上的問題，大聲替其他人唸出來，感到又驚訝又疑惑。

「如果把三隻毛毛蟲從一個樹叢抓出來，樹叢會剩下多少莓果？」

「把一品脫牛奶加進一磅豆子裡，最後的剩菜會是什麼？」

「如果火車用十公里的時速經過四個隧道，那麼駕駛的媽媽會在週日晚上煮什麼晚餐？」

他們絕望的瞪著黑板。這些問題是什麼意思？看起來毫無道理呀。

「我一題都不會。」月亮臉大聲說著把鉛筆丟掉。

「每個問題都又蠢又沒有道理！」喬說，跟著把鉛筆丟掉。女孩們也依樣畫葫蘆，絲兒把紙撕成了兩半。所有妖精和小仙子都又驚訝又害怕的盯著他們。

「很好！」嚴厲女士說。她看起來好像比之前還要大了兩倍。「如果你們這麼認為，那就跟我來！」

沒有人想要跟著她，但發現自己不得不走，他們根本不想走，腳

卻擅自跟在嚴厲女士後面移動。這真是太怪異了。嚴厲女士帶著他們到一間小房間外，把他們全都推進去。接著碰一聲甩上門，用鑰匙上了鎖。

「你們要在這裡待三個小時，然後我會過來看你們後悔了沒。」她嚴厲的說。

「這真是太糟糕了。」喬悶悶不樂的說。「她沒有權力把我們關在這裡。我們又不是這所蠢學校的學生，也沒有做什麼調皮的事，只是意外降落在這裡而已。」

「現在該怎麼辦呢？」絲兒把金色的頭髮往後撥。「我覺得在這裡待三個小時，然後說我們後悔了，只會再次被她痛罵一頓！我一點也不喜歡這種感覺。」

他們全都不喜歡這種感覺。眾人坐在地板上，看起來又憤怒又沮喪。要是能夠逃離嚴厲女士的蠢學校就好了！

21 絲兒的鐘好聰明

喬坐在月亮臉旁邊。絲兒、貝絲和芬妮聚在一起說話。白羊坐在貝絲的腿上睡覺。七隻母雞正試著抓壞硬地板，輕柔的咕咕叫著。

「我的鐘呢？」絲兒突然問。

眾人在房間裡找了一圈，但沒有找到鐘。

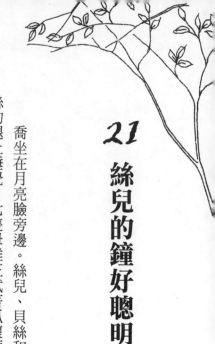

「它一定是被留在教室裡了。」喬說。「別擔心，絲兒。只要我們在三個小時後出去，就可以回去教室了。」

「希望如此。」絲兒說。「它是個很好的時鐘，我很開心它有腳能夠到處走。」

「它很幸運，不像我們被鎖在這裡。」喬悶悶不樂的說。「要是這個蠢房間有窗戶，就可以打破窗戶逃跑，但這裡連一扇小窗戶都沒有。」

「而且這裡也沒有壁爐。」月亮臉說。「要是有壁爐，說不定可以從煙囪擠出去。你們聽！」他突然說。「有人在外面敲門！」

他們仔細傾聽，的確有人在外面輕輕敲門。

「如果你進得來的話就進來吧！」月亮臉說。「如果鑰匙還插在門上，你可以把鎖打開。」

但鑰匙沒有在門上，嚴厲女士離開時就把鑰匙拿走了！

「是誰在外面？」絲兒問。

「叮咚叮咚！」外面傳來輕柔的聲音。

「是我的時鐘！」絲兒激動的大喊。「它來找我們了！」

「喔！」月亮臉說，他開心得臉頰通紅。「絲兒，叫妳的時鐘把鑰匙找出來，放我們出去。」

「沒有用的。」絲兒說。「我剛剛看到嚴厲女士把鑰匙串起來，掛在腰上。時鐘不可能從她身上拿到鑰匙的。」

「噢。」月亮臉難過的說，所有人都苦苦思索著。

「叮咚叮咚！」時鐘在外面說著，它再次敲了敲門。

「聽好了，時鐘，在外面一直叮叮咚咚和敲門也沒有用，你沒辦法進來！」喬喊道。「我們被鎖在房裡了，沒有鑰匙所以出不去！」

「咚！」時鐘悲痛的說。接著，它又興奮的發出了一聲「叮！」把自己背後的小門打開，然後用大腳跳起舞，不斷跳上跳下。

「它在做什麼？」絲兒震驚的說。

「我猜它是在暖身。」芬妮咯咯笑著說。

但它並不是在暖身。它是很老舊的時鐘，上發條時用的是自己的鑰匙。它不斷跳上跳下是想要把鑰匙從背後的小掛勾上面搖下來！最後它終於成功了。鏘！鑰匙掉到了地板上。

「妳的鐘到底在做什麼？」喬對絲兒說。「它一定是瘋了！」

它沒有瘋，反而理智得很。它用其中一隻腳踢了一下鑰匙，鑰匙從門板下方滑進了孩子們所處的房間裡。

「喔——你們看！」月亮臉驚奇的說。「妳的鐘把鑰匙從掛勾上搖下來，然後從門下面踢過來給我們呢，絲兒。它真是全世界最特別的時鐘了！」

喬撿起鑰匙。「這把鑰匙說不定能打開門！」他說。他試著用鑰匙開門。門鎖差一點就要轉動了，但最後沒有成功。他好失望。

但月亮臉露出了微笑。他接過鑰匙，再從口袋裡拿出一個盒子，將

盒子裡的魔法粉末抹在鑰匙上。

「再試一次。」他說。喬把鑰匙再次插進鎖孔裡，往右一轉，門鎖打開了！

他們靜悄悄的擠出門外，喬把時鐘的鑰匙收在身上。絲兒抱了抱時鐘，時鐘立刻開心的大聲發出叮咚聲！

「噓！」絲兒說。「別發出聲音！」

「該去找我們的飛機了。」喬說。「我們要先找到一扇能通往花園的門，飛機應該就在花園裡。」

他們躡手躡腳的沿著長長的走廊前進，但就在快要抵達走廊盡頭時，突然看到有人正往這邊走來，那個人正是嚴厲女士！

「快！躲到窗簾後面去！」喬說。他們全都躲到窗簾後了，但嚴厲女士聽到了聲響，往窗簾走了過來。她伸出手要掀起窗簾，這時絲兒的鐘走了出來，對著嚴厲女士的耳朵大喊了一聲「叮咚！」然後一腳踩在她的鼻子上！嚴厲女士發出了怒吼，用力踢向時鐘。但這腳踢空了，時鐘沿著走廊跑走，嚴厲女士追在後面。

「親愛的時鐘真是太棒了！」絲兒歡天喜地的說。「它走出去大喊叮咚的時機剛剛好。要是再晚一點，我們就會被嚴厲女士抓到了。」

「走吧。」月亮臉說。他往窗簾外偷看了一眼。「最好趁著那個老女人不在的時候快點往花園走。」

他們躡手躡腳的經過了一間長長的房間，來到通往花園的門口。喬原本打算要打開門，但卻突然轉身，把所有人推回了房間裡。

「嚴厲女士走過來了！」他低聲說道。「快點！躲到家具後面！」

眾人都快如閃電的在沙發和椅子後面蹲了下來，這時嚴厲女士打開門走了進來，不斷抱怨著：「等我抓到那個時鐘，它就完蛋了！」

就在這瞬間，時鐘用它扁扁的腳跑了進來，對著嚴厲女士發出無禮的叮咚聲。嚴厲女士撩起自己的長裙子，迅速跑過長長的房間，追著時鐘跑進了走廊！孩子們、月亮臉、絲兒、母雞和羊趁機衝向花園門，打開門後全都湧進了花園裡。

「快，快找飛機！」喬大喊。他們沿著小路奔跑，尋找閃閃發亮的飛機。

「在那裡！」月亮臉大喊。指著停在平滑草地上等待他們的飛機。他們全都跑向飛機、跳進裡面。

「我不想把我的時鐘留在這裡。」絲兒說。「它實在很聰明。不知道它現在在哪裡。」

「你們看！它在那裡，嚴厲女士追在它後面！」喬大叫道。沒錯，他們全都看到了，時鐘正左搖右晃的從一個樹叢後面跑出來，不斷發出

叮咚聲，而嚴厲女士正追在它身後，氣喘吁吁、臉頰通紅。

時鐘動作敏捷的繞著樹叢東躲西藏。嚴厲女士踢到了一塊石頭，被絆倒了。時鐘衝向飛機，絲兒把它抱了進來。它倒在角落，連續響了六十三次都沒有中斷。

但這次沒有人介意了，他們都覺得時鐘簡直是個英雄！

嚴厲女士站起身，跑向飛機。喬壓下「向上」的把手。引擎開始運作，嗡嗡作響。飛機不斷抖動，然後輕輕上升到空中，把一臉怒容的嚴厲女士拋在身後。

「輪到妳回答問題了！」月亮臉靠在飛機邊緣大叫。「如果有五個人、七隻母雞、一隻白羊和一個時鐘搭著飛機飛上天，請問嚴厲女士會在他們回到家之前對著他們大吼大叫幾次？」

所有人哈哈大笑了起來。

「下次降落前要特別小心。」貝絲說。「我們真的要趕快回家了。」

「我應該知道我們現在在哪裡了。」月亮臉說。這時他們正飛越一個奇怪的國度，這裡的樹是黃色、綠色和粉紅色的。「你現在要向前直直飛，直到遇到一座銀色高塔，然後往右轉，直到你抵達海鷗王國，接著再往左轉，飛越三隻熊的森林，沒多久就會到家了！」

「沒問題！」喬說。他仔細尋找銀色高塔，在看到那座又大又閃亮的高塔時，壓下了寫著「往右」的把手，直到抵達海鷗王國。他輕輕鬆鬆的認出飛機已經抵達海鷗王國了，因為他們的上下左右全都是雪白的翅膀在飛舞，這裡有數百隻巨大的海鷗。飛機緩緩飛越一群群可愛的大鳥。喬往左邊飛，很快就抵達了三隻熊的森林，他看到了金髮女孩和三隻熊住的那間長滿了玫瑰的小木屋。

「太好了！很快就要到家了！」喬說。他又繼續往前飛，直到抵達魔幻森林，他把飛機降落在不遠處的草地上。眾人從飛機裡跳出來。

「這次的冒險真是太刺激了。」芬妮說。「但我希望以後永遠也不會再見到嚴厲女士！」

「喔，快，快抓住時鐘！」貝絲說。「它想要從飛機爬出來，它會跌下來的！」

「叮咚叮咚！」時鐘滑到了地面。

「我們要趕快回家了。」喬撿起鏟子。「再見了，絲兒；再見了，月亮臉。貝絲，牽好妳的羊，芬妮和我負責趕母雞。」

孩子們把飛機留給月亮臉和絲兒，隨他們處置，然後立刻往家的方向出發。

之後呢，唉呀呀，媽媽看到綠翅膀母雞、雪白的山羊還有堅固的花園籬時震驚極了！

「你們一定是跑去魔幻森林了！」她說。

「我們去的地方比魔幻森林遠多了！」喬說。他們去的地方的確遠多了，你們說是不是呢？

22 紅色哥布靈大軍入侵遠遠樹

一天，媽媽說她這整天都不在家，希望孩子們能請平底鍋人來陪他們，而且可以再邀請兩個朋友過來家裡。

「太棒了！」喬說。「我們可以找月亮臉和絲兒過來。」

貝絲寫了一封信，請小白羊拿給月亮臉。

這隻白羊非常奇妙。牠能產出最美味的羊奶，能幫忙跑腿，還能在母雞跑出去的時候找到牠們並趕牠們回來，幫了家裡非常多忙。

白羊用嘴巴咬著信，跑進魔幻森林裡。牠跑到遠遠樹下，對紅松鼠咩咩叫，松鼠從樹幹低處的洞裡探出頭來。

牠接過白羊送來的信，蹦蹦跳跳的跑上樹頂，把信交給月亮臉。月亮臉覺得很開心，往下大叫絲兒的名字，絲兒也爬上樹來讀信。

「我們可以趁什麼名字先生睡著的時候問問親愛的平底鍋人。」月亮臉說。「孩子們沒有邀請什麼名字先生，所以平底鍋人到時候必須跟我們一起偷偷溜下樹，不能告訴什麼名字先生。」

他們讓小羊送了一封回信，信上說他們會在下午三點抵達。孩子們都非常興奮。媽媽出門了，女孩們把鮮花插在花瓶裡，把小屋子裝飾得漂漂亮亮。貝絲烤了一些巧克力蛋糕，芬妮則做了太妃糖。而喬準備了三明治。

「我們一定能度過一段美好的時光。」他說。

「希望平底鍋人今天下午不要重聽得太嚴重。」
三點時，一切都準備妥當。孩子們也打扮得整齊乾淨。桌子上放著美味的三明治、蛋糕和太妃糖。貝絲走到柵欄門口等待他們的訪客。她沒有在小路上看到任何人。「他們遲到了！」她對其他人說。「我猜應該是平底鍋人的鍋子或者其他東西卡住了！」
三點半了，但訪客依舊沒有來。孩子們很失望。「說不定月亮臉看信時看錯了，以為是四點。」貝絲說。
但四點了，月亮臉、絲兒和平底鍋人都沒來，他們開始擔心了。
「希望他們沒有遇上什麼意外。」貝絲沮喪的說。「我們準備了這麼多好吃的食物，但卻沒有人來吃。」
「再等一下下，要是他們一直沒來，我們就把自己的份吃掉。」喬說。五點時依然沒有人來，孩子們只好難過的吃掉一半的食物。
「他們一定遇上什麼意外了。」喬悶悶不樂的說。
「喔，天啊！你覺得會是什麼意外？」貝絲緊張的問。「我們可以去看看嗎？」
「不行。」喬說。「至少現在不行。媽媽就快到家了。最好晚上再去。晚上樹上會掛繩子，我們可以拉繩子往上爬，很快就到樹上了。」

「我們一定要弄清楚到底發生什麼事了。」貝絲說著把盤子裡的食物拿起來。「我們可以把為他們準備的食物帶去。」

當天晚上，三個孩子等到夜深了才溜下床、穿好衣服，偷偷摸摸的從後門走出去。這天晚上沒有月亮，他們帶著喬找到的一個燈籠，把燈籠舉在面前，這樣才能看到前方要走的路。

他們沿著黑暗的小路前進，跨過凹溝、進入魔幻森林。今天晚上，裡面的樹都非常大聲的竊竊私語。「嘩唰、嘩唰、嘩唰！」它們說。

「喔，真希望能知道它們在說什麼！」芬妮說。

「走吧。」喬說。「最好不要在外面逗留太久，芬妮。我們要在天亮前回家。」

他們穿越了漆黑的森林。這晚沒有月亮，也沒有仙子和精靈在森林裡。孩子們很快就走到了遠遠樹下，開始尋找繩子。

但今天沒有繩子，於是他們像平常一樣開始爬樹，由於天色太暗看不清楚，所以他們非常謹慎的抓著樹枝和樹幹。

才剛爬上兩根樹枝，他們就遇到了一件怪事。有人抓住了喬的肩膀，把他用力往樹下一推！喬往下掉，馬上抓住了最下面的那枝樹枝，即時拯救了自己。

「是誰推我？」他生氣的大吼。他在爬樹時把燈籠綁在腰上，現在他把燈籠解下來、照向樹木，叫貝絲和芬妮別再繼續往上爬。

在遠遠樹較低矮的樹枝上，有四隻紅色哥布靈站在那裡露齒微笑，他們有一對尖耳朵、一張大嘴巴和一雙邪惡的小眼睛！

「不准任何人爬上樹。」其中一隻哥布靈說。「也不准爬下樹。」

「為什麼？」喬震驚的問。

「因為這棵樹現在是我們的樹了！」

「你們的樹！真是胡說八道！」喬說。「我們是來見住在樹上的朋友的，讓我們上去。」

「不准！」哥布靈說。他們露出了大大的笑容。「你們——不准——上樹！」

「沒有用的。」一道小小的聲音在喬的身旁說。「哥布靈把所有人都關在樹裡面了，像囚犯一樣。如果你爬上去，他們只會把你推下來，不然就是把你也抓去關起來。」

喬把燈籠往下一照，孩子們發現說話的是一隻小小的紅松鼠，就是替月亮臉收集靠枕的那隻松鼠。

「唉呀！」喬說。「快告訴我們發生什麼事了。我根本搞不清楚狀況！」

「喔，事情很簡單。」松鼠說。「今天來到遠遠樹頂端的是紅色哥布靈王國。哥布靈發現有一個洞能讓他們往下爬，並穿越雲朵，所以就一股腦兒的全都跑到了這裡。他們把每個人都像囚犯一樣關起來了。月亮臉和其他人都被鎖在樹幹中間的家裡。我跟你說，什麼名字先生和憤怒妖精氣得差點就把門打爛了。」

「但哥布靈為什麼要把他們關起來呢？」貝絲訝異的說。

「因為他們想要樹上居民才懂的魔法咒語。」松鼠說。「他們打算把所有人鎖起來，直到他們願意說出咒語為止。真是糟透了，不是嗎？」

「喔，天啊！」芬妮說。「我們要怎麼幫忙呢？」

「我不知道。」松鼠難過的說。「如果你們能上去找他們，或許能一起想出一些計畫。但哥布靈不讓任何人上去樹上。」

「嘩唰、嘩唰、嘩唰、嘩唰！」樹木大聲的竊竊私語。

「你知道嗎，我忍不住覺得今晚那些樹好像想要對我們說話。」貝絲突然說。「我以前總是覺得它們彼此說著祕密，但今天晚上，我覺得它們想要對我們說話。」

「這沒什麼好驚訝的。」松鼠說。「遠遠樹是樹木之王，現在它遇到了困難，其他樹木都很生氣。或許它們是想要幫助我們。」

「嘩唰、嘩唰、嘩唰、嘩唰。」樹木大聲的說。

「用雙臂環抱住一棵樹的樹幹，然後把左耳貼在樹幹上。」松鼠突然說。「我曾聽說過，這是唯一能聽懂樹木在說什麼的方法。」

三個孩子各找了一棵小樹，用手臂環繞住樹幹，把自己的左耳壓在樹上。接著，他們都清楚聽見了樹木的低語。

「幫幫那些遠遠樹上的居民！」葉子們悄悄說著。「幫幫他們！」

「但要怎麼幫呢？」孩子們急切的小聲詢問。「快告訴我們！」

「從滑溜溜滑梯上去。」樹葉沙沙的說。「打開活板門，從滑溜溜滑梯爬上去！」

「喔！」孩子們立刻高聲道。「對呀！我們怎麼沒有想到呢？」

「噓──」松鼠擔心的說。「別被哥布靈聽到你們的聲音。樹木跟你們說了什麼？」

「它們說我們可以打開活板門，從滑溜溜滑梯爬上去。」喬低聲說。「這麼一來就可以爬上月亮臉家了。這個方法太傑出了。」

「那我們快走吧！」貝絲說，於是他們跑到了遠遠樹下，開始摸索小活板門。喔——一場新的冒險即將展開！

23 最刺激的作戰計畫

「要是可以沿著在樹幹裡繞了一圈又一圈的滑溜溜滑梯偷偷往上爬，上去月亮臉位於遠遠樹頂端的家，我們就可以幫忙了！」喬說，他正摸索著活板門。

「不知道月亮臉為什麼不自己滑下來。」貝絲說。

「喔，他可能以為樹底下會有很多紅色哥布靈，等著他從活板門出來時抓住他吧。」喬說。「但我覺得他們根本不知道有這個溜滑梯！」

他找到了活板門，把門拉開。「我先爬進去，妳們幫我撐住門。」他說。貝絲撐住活板門，喬開始往上爬。

但是，哎呀呀，溜滑梯實在太過滑溜溜了！喬根本沒辦法從滑溜溜滑梯爬上去！他每往上爬一小段，就會滑回原點。他發出抱怨的呻吟。

「真是太糟糕了！我們不可能從這裡上去的！我一直往下滑。」

「換我試試看！」貝絲急切的說。喬從活板門滑出來，讓貝絲爬進去，但她和喬一樣。溜滑梯實在太陡峭又太滑溜溜了，他們爬不上去。

「嘩唰、嘩唰、嘩唰！」附近的樹木說。貝絲跑到一棵樹旁，用雙臂環抱住樹幹，把左耳貼在樹上仔細傾聽。

「叫松鼠上去！」葉子悄悄說道。「叫松鼠上去！」

「紅松鼠，你上去！」貝絲立刻說。「你覺得你爬得上去嗎？」

「可以。」松鼠說。「我的腳上有爪子能夠讓我不會滑下來，而且我很習慣攀爬。但我上去又有什麼用呢？我不夠聰明，沒辦法和月亮臉一起想出計畫。」

「嘩唰、嘩唰、嘩唰！」樹木大聲說。喬把耳朵貼在一棵樹上。「松鼠可以沿著滑溜溜滑梯丟一條繩子下來！」樹木悄悄說道。

「沒錯。」喬開心的說。「我怎麼沒想到這點呢？」

「快告訴我們。」女孩們說。喬把樹木說的方法告訴她們。「松鼠要先沿著溜滑梯爬到樹頂，然後叫月亮臉拿出之前垂下來綁靠枕的繩子。但是這次不要把繩子從樹木的枝葉之間垂下來，而是沿著裡面的溜滑梯垂下來。到時候我們就能抓住繩子，讓月亮臉拉我們上去了！」

「喔——這個主意真是太聰明了。」貝絲說。

「噓——」喬說。他聽到樹上的哥布靈大喊了一聲。「我可不想被他們發現我們在做什麼。」

「哥布靈爬下樹了！」芬妮緊張的低聲說。「我聽到他們的聲音了。我們該怎麼辦？」

「我們最好先進去活板門裡面，坐在滑溜溜滑梯的底部，像老鼠一樣保持安靜。」喬低聲說。「你先進去，松鼠，然後往上爬。你知道該怎麼做，對嗎？」

「我知道。」松鼠說完後就往溜滑梯上爬去，他用尖銳的爪子抓住溜滑梯，就像在攀爬外面的樹幹！喬把貝絲推進去，接著也把芬妮往內推，他自己再爬進去，然後即時關起活板門。

三隻哥布靈從樹上跳到地面，開始四處尋找。「我很確定我聽到有人在這裡！」其中一隻說。

「只要別讓他們爬上樹，他們就什麼事也不能做！」另一隻哥布靈大笑著說。「我覺得你聽到的不是人的聲音，是這些樹在說悄悄話。」

「嘩唰、嘩唰、嘩唰！」樹木們立刻說。

「你看吧！我就跟你說了。」哥布靈說。他們跳回遠遠樹的樹枝上，孩子們抱在一起，咯咯笑了起來。

「不知道松鼠是不是沿著溜滑梯爬到樹頂了。」喬說。就在他說話的同時，一個細小的聲音從溜滑梯上傳了過來，聽起來輕輕悄悄、偷偷摸摸的，接著突然有東西碰到他們！

「喔——有蛇！」貝絲緊張的大叫。

「別傻了！是可愛小松鼠垂下來的繩子啦！」喬摸著繩子說。「好了，最好一次讓一個人上去，因為月亮臉沒辦法一次把我們三個人一起拉上去。」

芬妮最先上去。她沿著溜滑梯一路被拉了上去。這種感覺很奇怪，四周一片漆黑又靜悄悄的。最後她終於抵達頂端。月亮臉在上面拉繩子，臉漲得通紅。他奇妙的圓形房間裡點了一盞燈。看到芬妮時，他高興得不得了。他抱了抱芬妮，再次放下繩子去接貝絲。貝絲上來了，然後是喬。

「不要太大聲。」月亮臉抱了抱他們，低聲說。「每個人的家門外都有哥布靈。」

「喔，月亮臉，看到你們被關起來真讓我們難過。」喬說。「你為什麼不滑下溜滑梯逃走呢？還是你以為下面有哥布靈在看守？」

「我的確這麼認為，」月亮臉說，「但是，我也認為要是我丟下所有被關在樹上的朋友，自己一個人溜下去，那就太不厚道了。」

「沒錯，如果你只拯救自己卻拋下他人，的確是很不厚道。」喬說。「月亮臉，我們要怎麼幫忙呢？」

「這個嘛，我也不知道。」月亮臉說。「我想了又想、想了又想，但就是沒有想出任何好方法。」

「真可惜絲兒不在這裡。」喬說。「要是她在的話，就可以跟她討

論了。她那麼聰明。」

「我們沒辦法找她上來。」月亮臉說。「她跟我一樣被關在家裡。」

「喬！月亮臉！」芬妮突然說。她的臉因為激動而變得通紅。「我想到可以幫上忙的方法了。」

「什麼方法？」其他人大喊。

「我想，能不能讓紅松鼠滑下溜滑梯，跑出活板門，拿一封信去給森林裡的精靈呢？」芬妮問。「我們第一次進入森林裡時曾幫助過他們，他們說很樂意在我們需要的時候提供協助，你們還記得嗎？」

「記得，但他們要怎麼幫忙呢？」月亮臉懷疑的說。沒人知道答案。但喬突然點了點頭，發出一聲驚呼。

「噓——」其他人立刻說。

「抱歉，」喬說，「但我終於想到方法了。紅松鼠可以叫精靈找一大群人上來，我們可以用繩子把他們拉上來這裡。然後月亮臉可以告訴外面的哥布靈說，他願意說出他們想知道的魔法咒語。等他們打開門時，精靈和我們就可以全都衝出去、打敗哥布靈！」

「這個主意棒呆了！」月亮臉佩服的看著喬說。

「真是太厲害了！」女孩們說。喬覺得很開心。

「之後，我們就可以打開所有人的門，讓他們也一起對抗哥布靈！」他說。「我的天啊，到時候一定會很刺激！你們能想像憤怒妖精還有什麼名字先生會有多生氣嗎？那些哥布靈完蛋了！」

眾人小聲的笑了起來。紅松鼠戳了戳喬的膝蓋。「要不要快點把信給我呢？」他說。「我知道鬍子先生住哪，我會把信拿給他，請他把其他精靈全都找來。」

喬拿出鉛筆，用月亮臉的紙寫了一封信。他把信折好，遞給紅松鼠，紅松鼠又把信紙折得更小，塞進了自己的臉頰裡。

「我這麼做是為了避免被哥布靈抓到。」他說。「他們絕對不會想到要從我的臉頰裡面找信的！」他坐在自己蓬鬆的尾巴上，用飛快的速度滑下了滑溜溜滑梯。

芬妮咯咯笑了起來。「他的尾巴就是靠枕。」她說。「他真可愛，不是嗎？希望他能順利找到鬍子先生。」

「嗯，我們最好安安靜靜的坐在這裡等。」月亮臉說。「我可不想要哥布靈打開我家的門，發現這裡有這麼多人。到時候他們一定會發現我們的反抗計畫。」

「我們帶了一些今天下午你沒吃到的餐點來。」貝絲說著，把裝食物的袋子打開。「這裡有一些三明治、蛋糕和太妃糖。」

「大家一起吃吧。」月亮臉說。「我也有一些啪一聲蛋糕。」

他們靜靜的坐在月亮臉的彎曲沙發、彎曲床和彎曲椅子上，一邊吃東西一邊竊竊私語，等待松鼠帶鬍子先生和其他精靈回來。接下來會發生什麼事呢？

24 讓紅色哥布靈大吃一驚

他們等了好久，什麼事都沒有發生。接著月亮臉豎起耳朵仔細傾聽。「有人正從滑溜溜滑梯爬上來。」他說。「一定是小松鼠。」

「希望不會是哥布靈！」芬妮說，她看起來有點害怕。

不過上來的正是紅松鼠。他從滑溜溜滑梯的洞裡跳出來，向所有人點點頭。「成功了。」他說。「精靈正往這邊趕過來。我找到了鬍子先生，他馬上就去找其他家人一起過來了。他們總共有五十一隻精靈！」

「我們最好現在就把繩子放下去。」月亮臉說，他把繩子沿著溜滑梯垂下去。繩子的另一頭被人抓住，繩子收緊了。

「精靈在下面了！」月亮臉說，他和喬一起把繩子往上拉。下面的精靈很重。他們用力拉了又拉，拉得氣喘吁吁。

「這隻精靈好重呀！」喬說。也難怪會這麼重，因為當他們終於把繩子拉上來後，發現繩子的另一頭不是一隻精靈，而是五隻精靈。他們全跳進月亮臉的圓形小房間裡，開始興奮的竊竊私語。月亮臉告訴他們哥布靈做了什麼事，他們聽到計畫之後全都露出微笑。

繩子再次下降，這次拉上來六隻精靈。這個時候房間裡已經擠滿了人。但眾人都不介意。

「我們必須坐在彼此的腿上。」喬說，他看到月亮臉的小樹屋裡面擠滿了這麼多人，不禁咯咯笑了起來。

精靈看起來全都長得一模一樣。他們都留著很長的鬍子，不過鬍子先生的鬍子是最長的，一直留到腳趾頭那麼長。

他們用繩子拉了五十一隻矮小的精靈上來，最後房間裡幾乎沒有空間能移動了！每個人都很興奮，好多人在竊竊私語，聽起來就像是有一千片葉子在沙沙作響。

「我現在要從房間裡敲敲門，告訴哥布靈我決定給他們想要的咒語了！」月亮臉說。「門一打開，你們就全都衝出去抓住他們。」

「等等！我想到了一個好主意。」喬突然說。「我們可以把他們全都推進月亮臉的房間裡，然後派一個人下去鎖上活板門。這麼一來，他們會以為從滑溜溜滑梯下去可以逃跑，到時候就會被困在溜滑梯裡，直到我們打開門才能出來！」

「這真是個好主意。」鬍子先生說。「最好再派兩隻精靈去守住通往雲朵間的梯子，不讓哥布靈從那裡逃走；再派六隻精靈爬到樹底下，不讓他們逃進森林裡。」

六隻精靈立刻拿起靠枕，從溜滑梯滑下去。他們關起活板門，從外面上鎖，再團團包圍住樹底，準備阻止任何不聽話的哥布靈逃跑。其他人則在屋裡等待月亮臉和外面的哥布靈對話。他們全都興奮得不得了。

月亮臉從房間裡面用力敲響家門。外面的一隻哥布靈對他大叫：「別吵！」

「放我出去！」月亮臉大喊。

「先告訴我們你知道的魔法咒語再說！」哥布靈說。

「我知道一個咒語可以把人變成國王和王后！」月亮臉大叫。

「快把咒語告訴我們。」哥布靈立刻說。

「那你先把門打開。」月亮臉說。門外傳來用鑰匙轉開掛鎖的聲音，接著門打開了。所有精靈立刻像河水一樣衝出去！喬、貝絲和芬妮也跟著跑了出去，哥布靈一看到這麼多人出現，立刻大叫一聲，跳到下面去警告其他朋友。

兩隻精靈跳到梯子上，坐在那裡預防哥布靈逃到遠遠樹上的國度。喬、月亮臉、貝絲和芬妮迅速爬下樹，把所有被關起來的人放出來。每個人都開心極了！

洗多多夫人因為被鎖起來而非常憤怒。「我要讓那群哥布靈知道把我鎖起來會有什麼下場！」她怒吼。老夫人拿起洗衣盆，開始把水潑向所有在爬樹的哥布靈，他們全都嚇壞了！喬忍不住哈哈大笑。

他打開什麼名字先生的門，什麼名字先生立刻衝了出來，火冒三丈的大喊大叫，平底鍋人跟在後面。他們追著驚慌的哥布靈一路狂奔！

平底鍋人的表現十分令人吃驚。他一個接著一個把身上的平底鍋和熱水壺全都拿下來，統統丟向正在逃跑的哥布靈。「鏘！碰！啪！」

他們放出了穀倉貓頭鷹還有同樣住在那裡的另外三隻貓頭鷹。貓頭鷹發出沙啞的尖聲嚎叫，飛向哥布靈。憤怒妖精實在太憤怒了，他一出來就飛撲向喬，喬趕緊解釋他該責怪的對象是哥布靈，而不是他！

貝絲把絲兒放了出來，但是絲兒被外面的吵鬧和叫喊聲嚇了好大一跳。不過她仍舊奮力把窗簾丟在一隻哥布靈身上，把他捉起來。接著絲兒和貝絲一起把這隻哥布靈搬到樹頂，推進月亮臉的房間裡。哥布靈發現滑溜溜滑梯時，興高采烈的滑了下去，以為自己能夠逃脫。但是，可惜呀可惜，他停在落了鎖的活板門前，只能留在那裡，既爬不上去，也出不去！

好多哥布靈都是被這樣抓起來的，他們想要跳下樹跑進森林裡面躲避精靈，但很快就發現樹底下有六隻強壯的精靈，所以他們再次爬到樹

上，想要從樹頂回到自己的國度！接著，他們當然又發現有兩隻精靈坐在梯子上，把他們再次推下去。

所以，他們被喬推進了月亮臉家，喬倒是很開心能把他們推進房間。這些哥布靈一個接著一個溜下滑溜溜滑梯想要逃走，沒多久，溜滑梯裡就擠滿了哥布靈，後頭的哥布靈全都疊在先溜下去的哥布靈身上！

黎明到來，陽光閃耀，照亮了巨大遠遠樹上面的巨大樹枝。

「現在我們可以看看還有沒有哥布靈躲在樹上了。」月亮臉大喊，這天晚上他玩得非常盡興。月亮臉、精靈們和什麼名字先生四處檢查各個洞穴和角落，察看每根樹枝和葉叢，把躲起來的哥布靈都抓了出來。他們全都被趕往月亮臉的家，順著滑溜溜滑梯溜了下去。很快的，哥布靈就一隻都不剩了。他們在溜滑梯裡面一個疊著一個擠在一起，既不舒服又心情沮喪。

「好啦！」月亮臉最後說，他對自己和所有人都感到滿意。「我們把他們全都抓住了。老天爺啊，我餓壞了！是不是該吃頓好料啦？」

「你們看！」絲兒喊著，指向下方的遠遠樹樹枝。「遠遠樹長出成熟的李子了！我們來吃李子吧？」

「太棒了！」月亮臉說。「松鼠，去叫樹下的六隻精靈上來吧。嘿，梯子上的兩隻精靈，你們可以下來了。絲兒，可以替我們泡一些熱巧克力嗎？李子搭配熱巧克力，真是美妙的一餐。」

當他們坐下來一起吃吃喝喝時，一個奇怪的人從樹下爬了上來。他骨瘦如柴，臉上卻掛著笑容，好像認識每個人。

「他是誰啊？」芬妮立刻說。

「不知道。」月亮臉瞪著他。

「我好像見過這張臉。」貝絲說。

「他的外表真有趣。」喬說。「我覺得他看起來像是稻草人！」

瘦削的男子走上前，坐在旁邊的樹枝上，伸手想拿一杯熱巧克力。

「你是誰啊？」月亮臉問。

「你叫什麼名字？」絲兒問。

「房子？」瘦巴巴的男人微笑道。「我不想跟妳買房子，我已經有房子了。」

這下所有人都知道他是誰了！他是平底鍋人，不過身上沒有熱水壺和平底鍋。他把東西都拿去丟哥布靈，現在半個鍋子也沒有了。

「平底鍋人，你看起來也差太多了吧！」什麼名字先生說，抱了抱平底鍋人。「我都快要認不出你了！快過來吃點李子。」

平底鍋人有些緊張。「你吃了椅子？」他說。「真是可怕！」

「不，我沒有吃椅子。」什麼名字先生大笑著說完後，拍了拍平底鍋人的背。「我是說李子、李子、李子！」

「謝啦。」平底鍋人一次把兩個大李子塞進嘴裡。

「好啦，」月亮臉在所有人都吃飽喝足之後說，「現在要怎麼處理那些滑溜溜滑梯下的哥布靈呢？」

25 懲罰狡猾的紅色哥布靈

「該想想要如何對付那些紅色哥布靈了。」精靈首領鬍子先生說，他用黃色的手帕擦了擦長鬍鬚。他把李子汁全都滴在鬍子上了。

這時出現了一個意想不到的狀況。他們背後有道低沉的聲音說：「哎呀！這裡有個可愛的小聚會呢！要不要跟我到巫師國工作呀？」

所有人驚慌的回過頭，看到上方有個奇妙的人影站在一根大樹枝上俯視眾人。那是一位巫師，他正緩緩眨動一雙像貓一樣的綠眼睛。

「是全能巫師！」月亮臉說，他站起身向巫師行禮，因為這位巫師人如其名，是個全能的巫師。每個人也都跟著月亮臉一起行禮。

「他是誰呀？」芬妮竊竊私語。

「他是全世界最強大的巫師。」絲兒細聲回答。「他是從梯子上爬下來的，這表示紅色哥布靈國已經不見了，現在上面是巫師國！他們總是在尋找僕人，我想全能巫師應該也是來找僕人的。」

「我可不想去當巫師的僕人。」芬妮說。

「妳不用當巫師的僕人。」絲兒說。「他不是壞人，不會強迫別人做不想做的事。對想學魔法的仙子來說，當巫師的僕人是很好的訓練。」

全能巫師緩慢的眨眨眼，看著眼前坐在樹枝上的這一小群人。「我需要帶一百個僕人回去。」他說。「誰要跟我來？」

沒有人回答。月亮臉站起身，再次行禮。

「殿下，」他說，「我們沒有人想要離開魔幻森林，我們在這裡過得很快樂。或許你可以尋找其他願意跟你一起回去的人。懇請你不要帶走任何人。」

「這個嘛，」巫師說，他用綠色的眼睛檢視眼前的每個人，「我的時間不多。我的國家大約一小時之後就要從遠遠樹上離開了。你們能替我找來我想要的僕人嗎？若可以的話，我就不會把你們帶走。」

所有人都露出了擔憂的表情。但是喬跳了起來，臉上掛著微笑。

「殿下！你願意收下紅色哥布靈做為僕人嗎？」

「當然願意。」全能巫師說。「他們動作快又順從，但是哥布靈向來不願意和我一起走，他們喜歡留在自己的國度。」

月亮臉、什麼名字先生和平底鍋人全都同時開口說話。全能巫師舉起一隻手，他們便全都停了下來。「一次一個人。」巫師說。

於是月亮臉開口了。「先生，」他說，「我們在正下方的樹幹中間困住了一百隻哥布靈，他們曾經把我們全都關起來。要是你能把他們帶回去教導紀律和禮貌就太好了。」

全能巫師看起來很震驚。「一百隻哥布靈！」他說。「這真是太奇怪了。解釋清楚。」

於是月亮臉解釋了一遍。全能巫師對他們的冒險非常感興趣。

「我們可以一起到樹底下，讓哥布靈一個接著一個出來。」喬興奮的說。「走吧！他們看到巫師時一定會嚇一大跳！」

因此他們在明亮的晨光中爬下了樹，這真是太令人興奮啦！

他們走到樹底的活板門前。門後傳來一陣陣叫罵、爭吵和推擠聲。

「不要推啦！」

「你擠到我了啦！」

月亮臉打開活板門的鎖，把門掀開。裡面飛出了一隻紅色哥布靈，降落在綠色的青苔緩衝墊上。他站起身，在明亮的陽光中眨眨眼，然後轉身就跑。但是全能巫師用魔杖向哥布靈點了點，他就停下來、動彈不得了。他看到巫師時似乎害怕極了。

紅色哥布靈一個接著一個從活板門中滾出來，一一被巫師用魔杖點了點。十個、二十個、三十個、四十個、五十個、六十個……他們一個接著一個慢慢滑下滑溜溜滑梯，紛紛從活板門飛出來，十分驚恐。

芬妮咯咯偷笑，這個景象真是太滑稽了。

「對那些壞哥布靈來說，這真是很好的懲罰。」她對絲兒說。「他們從梯子爬下來，想把你們關起來，現在他們又被抓去巫師國度！」

紅色哥布靈排成僵硬的隊伍，根本沒辦法逃跑。「快點，前進！」巫師在最後一個哥布靈從活板門溜出來之後說。這些僵硬的哥布靈全都往樹上爬，想要逃跑也沒有用，巫師在他們的腳上施了咒語，他們必須往上爬到樹頂、穿過白色的雲朵、進入巫師國。

「他們活該。」喬說。「天啊，今晚太刺激了！我過得真開心。」

「現在是不是很冷啊！」平底鍋人發著抖說。

「很冷？」貝絲和芬妮大喊，她們都覺得早上的陽光有點熱。「天啊，現在很溫暖啊。」

「因為他不像平常一樣有熱水壺和平底鍋掛在身上。」什麼名字先生說。「我看那些鍋碗瓢盆對他來說就像外套。可憐的平底鍋人！」

「我不喜歡他失去平底鍋的樣子。」芬妮說。「看起來很不對勁。我們何不把鍋子撿起來呢？那些鍋子都掉在地上了，而且離遠遠樹不遠。」

他們開始撿拾平底鍋人的物品，平底鍋人開心極了。他把熱水壺掛在身上，又用平底鍋包圍住自己，再把最特別的平底鍋戴在頭上。一些熱水壺和平底鍋上面有凹痕或被撞歪了，但他一點也不介意。

「好啦！」芬妮開心的說。「你看起來又是原本的你了。沒有了平底鍋之後，你看起來好糟糕，就像沒有殼的蝸牛。」

「我沒有養黃牛。」平底鍋人說。

「我是說蝸牛。」芬妮說。

「吹牛？」平底鍋人說著看向四周。「我沒聽到有人吹牛。妳是說說謊的吹牛，還是玩牌的吹牛？」

「蝸牛，不是吹牛。」芬妮不耐煩的說。

「喔，蝸牛。什麼蝸牛？」平底鍋人說。但芬妮已經忘記原本說了什麼，搖搖頭笑了起來。「算了！」她大叫。

「我們真的該走了。」喬說。「媽媽就快醒了，她會擔心我們的。喔，天啊——我好想睡！走吧，女孩們。」

他們向樹上的居民道別，出發離開魔幻森林。絲兒回到樹上的家，有些疑惑她的時鐘怎麼沒有參與這次的冒險。原來時鐘一直在睡覺。

月亮臉回到樹上，打了個哈欠。什麼名字先生和平底鍋人在爬樹的過程中因為實在太累了，還沒爬到什麼名字先生的家就睡著了，憤怒妖精把他們搬到一根大樹枝的角落，以免他們掉下去。

洗多多夫人回到家裡，決定今天不

洗衣服了。很快的，樹上就陷入一片寧靜，唯一的聲音只有什麼名字先生的打呼聲。

遠在樹上的巫師國中，紅色哥布靈正在辛苦的工作。啊——他們真是活該，不是嗎？他們應該再也不敢把人關起來了。

三個孩子回到家時，媽媽訝異的盯著他們看。

「你們今天起得可真早。」她說。「我以為你們還在床上睡覺呢。沒想到你們竟然一大早起來，在早餐之前去散步了。」

孩子們整天都想睡得不得了！哎呀呀，這天晚上他們好早就爬上床睡覺了！

「我今天晚上絕對不要再穿越魔幻森林然後爬上遠遠樹了。」喬在爬上床時說。「我覺得之後這段時間最好都別去了，遠遠樹對我們來說實在太刺激了。」

但他們很快又會再次前往遠遠樹，接著看下去就知道了！

26 貝絲的生日計畫

一個星期之後就是貝絲的生日了。她非常期待，因為媽媽說她可以辦一場小小的生日派對。

「我們可以邀請遠遠樹上所有的朋友過來。」她說。

「這樣真的好嗎？」喬質疑的說。「我不覺得媽媽會喜歡洗多多夫人、鬍子先生，或是憤怒妖精。」

「但是，我們不能只邀請某些人，不邀請其他人啊。」貝絲說。「那些沒有被邀請的人會很難過的。」

「這個狀況真尷尬。」芬妮說。「我們最好去告訴月亮臉和絲兒這件事，問他們該怎麼辦。」

但是這一天，媽媽不讓兩個女孩跟喬一起出去。她說房間有很多地方要整理，需要兩個女孩幫忙。

「喔，真討厭！」芬妮對喬說。「你只好自己去了，喬，去問問月亮臉和絲兒這場派對該怎麼辦。別去太久，否則我們會擔心的。還有，拜託不要沒帶上我們就爬到遠遠樹上面的奇怪國度。」

「別擔心！」喬說。「我不打算上去遠遠樹上的任何一個國度。之前的冒險已經足夠，我這輩子都不需要冒險了！」

他出發了，跑進魔幻森林，來到遠遠樹下。這是個炎熱的下午，附近沒有什麼人。

天氣實在太熱了，幾乎不適合爬樹。喬吹了一聲口哨。小小紅松鼠從樹裡冒出頭來看向他。

「松鼠啊，幫我爬到樹頂問問月亮臉，可不可以丟下一條綁了靠枕的繩子，把我拉上去。」

松鼠輕盈的跳上樹頂。很快的，一條綁著靠枕的繩子就沿著樹幹垂落下來。喬抓住繩子、跨坐到靠枕上，接著拉了拉繩子。繩子開始往樹頂上升，一路上撞到了不少樹枝。

上升的過程很有趣，喬很享受這趟旅程。他向坐在房子外的憤怒妖精揮揮手。妖精訝異的瞪著喬，接著在認出他是誰之後對他微笑。貓頭

鷹都在家裡睡覺。什麼名字先生正好醒過來，突然看到喬在空中一邊搖晃一邊撞著樹枝，嚇得跌下了椅子。

當他發現眼前的人是喬時，開心的又從樹枝上跌了下去，跌到在下方樹枝椅子上打呼的平底鍋人身上。

「啊——噢！」平底鍋人說，他嚇了一跳。「怎麼回事？為什麼要跳到我身上？」

「我沒有跳到你身上。」什麼名字先生說。「快看，是喬！」

「過橋？我不想過橋。」

平底鍋人再次坐下。「而且這裡根本沒有橋。」

「我是說：『是喬』！」什麼名字先生咆哮。

「他在哪？」平底鍋人驚訝的看向四周。但喬已經被拉到很上面了，他正因為什麼名字先生和親愛的平底鍋人之間的好笑對話而哈哈大笑呢！

什麼名字先生爬回椅子上、閉上眼睛。他的打呼聲很快就傳到了已經距離很遠的喬的耳裡，這時喬正希望絲兒能看到他，然後上去月亮臉家找他。他忘記注意洗

多多夫人的洗衣水了，但是這次潑下來的水沒有澆到他，全都淋在可憐的什麼名字先生身上，害得什麼名字先生夢到自己從船上掉進了海裡。

絲兒正好看到他，她對喬招招手，然後迅速往上爬向月亮臉的家。等到她抵達時，喬也正好到達，剛跳下靠枕。

「哈囉！」月亮臉和絲兒說。他們都很高興能見到喬。「貝絲和芬妮呢？」

喬說妹妹們都在家裡幫忙，然後告訴他們貝絲生日派對的事情，還有她很困擾應該邀請哪些人。

「我們想要邀請所有人。」喬說。「但是我們很確定，媽媽一定會不喜歡某些人。該怎麼辦呢？」

「我知道！我知道！」絲兒說。她突然拍起手來。「下個星期生日國度將會來到遠遠樹上，只要是過生日的人，就可以上去生日國度，讓所有朋友一起來參加最厲害的派對。喔，真是太棒了！上一次生日國度來的時候沒有人生日，我們都不能上去。但是這次我們可以上去了，因為貝絲可以邀請所有人！」

「聽起來很棒。」喬說。「但我真的不想再上去任何一個奇怪的國度了，你們懂吧？我們似乎總是遇上奇怪的冒險。目前為止我們都能順利結束冒險，但下一次就很難說了。」

「喔，生日國度絕對沒有會傷害你的東西！」月亮臉立刻說。「那裡非常完美。你們這次真的應該上去！絕不能錯過這個機會。」

「好吧。」喬說。他開始有點期待了。「我回去會告訴女孩們。」

「我們會告訴樹上的所有人，還有鬍子先生和他的精靈家人。」絲兒說。「貝絲會希望所有人都參加的，對嗎？」

「當然！」喬說。「但是，上去之後會發生什麼事呢？我是說，我們要不要準備吃的東西？還有生日蛋糕要怎麼辦呢？芬妮打算替貝絲烤一個蛋糕。」

「告訴她不用烤蛋糕。」絲兒說。「生日國度有所有她想要的東西。哎呀，我們真幸運！真開心有人剛好在生日國度來到遠遠樹時生日！」

「貝絲的生日是下星期三。」喬說。「我們星期三上去吧。我最好現在就回去告訴她們這個消息，我答應過會盡快回去。」

「要不要吃個嚇人太妃糖？」月亮臉說。

「不了，謝謝你。」喬說。「我比較想吃啪一聲蛋糕。」

他們坐下來吃了一些美味的啪一聲蛋糕，聊起紅色哥布靈入侵遠遠樹時經歷的刺激時光。

「我真的該走了。」喬說著站起身。他選了一個紅色靠枕，對絲兒和月亮臉道別，然後從滑溜溜滑梯滑下去。喬覺得就算整天玩滑溜溜滑梯，他也不會厭倦，這種感覺實在太美妙了！他從樹底的活板門飛出來、降落在青苔上。他站起身，出發回家。

女孩們很高興看到他這麼快就回到家。聽說了生日國度的事情後，兩個人都激動極了。

「喔——」貝絲因為喜悅而滿臉通紅。「我真幸運！真想知道那天會發生什麼事。你們覺得會不會有蛋糕可以吃呢？」

「一定有！」喬說。「我覺得一定還有很多其他東西！」

「我們應該先問問媽媽。」芬妮說。「不知道她會不會讓我們去。」

媽媽似乎一點也不介意。「我想這應該是你們在森林裡交到的朋友開的生日小玩笑吧！」她說。「想去的話當然可以去，我們的小屋實在太小了，沒辦法舉辦太大的派對。」

「我要穿上最漂亮的那件洋裝。」貝絲開心的說。「媽媽上個星期買的，上面有藍色蝴蝶結的那件！」

但是媽媽不答應！

「不行。」她堅持。「你們只能穿舊衣服去。我還清楚記得你們上次和那個有趣的朋友平底鍋人出去之後，衣服變成了什麼樣子。我下週三絕對不會讓你們穿上好衣服的。」

貝絲幾乎要哭了。「但是，媽媽，我不能穿著舊衣服去參加我的生日派對呀。」她說。

但說什麼都沒用。媽媽說他們不穿舊衣服就不准去，就是這樣。

「我們只能穿最舊的衣服去生日國度，不知道其他人會怎麼看待我們。」喬悶悶不樂的說。「我現在一點也不想去了。」

但星期三下午到來時，他們又改變主意了！無論身上穿的是不是舊衣服，他們都要去！

「走吧！」喬說。「該出發去生日國度了！」

27 生日國度與許願蛋糕

孩子們再次前往魔幻森林。他們已經很熟悉往遠遠樹的路了。

「嘩唰、嘩唰、嘩唰！」樹木在孩子們從林間跑過時竊竊私語。貝絲環抱住一棵樹，把左耳靠在樹幹上。「你要說什麼祕密呢？」她問。

「我們要祝妳生日快樂。」葉子們低聲說。貝絲笑了起來，過生日真是太快樂了！

他們來到遠遠樹下時，發現今天遠遠樹看起來漂亮極了！樹上的居民把許多顏色鮮豔的旗子掛在樹上，因為今天是貝絲的生日，他們把樹裝飾得非常可愛。

「喔——」貝絲開心的說。「我真是太開心了。我只希望今天穿了派對洋裝過來，而不是這件舊洋裝。」

但他們無法改變這件事。正要開始爬樹時，洗多多夫人的洗衣籃就一路搖搖晃晃的垂落下來，上面綁著月亮臉的繩子，讓孩子們可以坐洗衣籃上樹。

「太好了。」喬說。「進去吧，女孩們。」他們爬進洗衣籃，以飛快的速度往樹頂上升。「一定是有人幫月亮臉拉籃子。」喬驚訝的說。

的確有人幫忙拉籃子。鬍子先生在上面，還有什麼名字先生和平底鍋人也在，四個人正奮力拉著籃子。難怪籃子會飛也似的往上衝。

「祝妳生日快樂。」眾人一一親了親貝絲說。

「喔，太好了！你們沒有穿上最好的衣服。」月亮臉說。「貝絲，我們一直在想妳會不會想要舉辦化裝舞會。」

「喔，我當然想！」貝絲說。「但是我們沒有化裝舞會的衣服。」

「生日國度會有那些衣服的！」絲兒說。她開心的拍著手。「太好啦、太好啦、太好啦！我最喜歡化裝舞會了！」

「大家都準備好要出發了吧。」月亮臉說。「精靈在下面。平底鍋人呢？喂，平底鍋人，你跑去哪裡啦？」

「他不小心一腳踩到滑溜溜滑梯。」一隻精靈從月亮臉的房子探出頭。「他順著溜滑梯掉下去時的聲音太可怕了。他現在應該抵達樹底了

吧。」

「老天啊！這正是愚蠢的平底鍋人會做的事！」月亮臉說。「我們最好把洗衣籃垂下去，否則他大概永遠也爬不上來。」

他們再次把洗衣籃垂了下去，平底鍋人爬進洗衣籃裡，被拉上來時發出了一連串平底鍋與熱水壺的敲擊聲。

「準備好了嗎？」月亮臉說。「絲兒、什麼名字先生、平底鍋人、憤怒妖精、洗多多夫人、鬍子先生、精靈……」

「天啊！有好多好棒的人來參加派對喔！」貝絲說。她看著下面樹枝的精靈和遠遠樹居民。「那是洗多多夫人嗎？她看起來人真好！」

洗多多夫人快樂的對她微笑。今天她決定暫時離開洗衣盆。只要有機會前往生日國度，就絕對不能錯過！

「我們走吧。」月亮臉說，他領著眾人爬上梯子。他一路向上爬，探出頭確定上面的確是生日國度，然後往上一跳，跳到生日國度中。

所有人都爬了上來。「全部的人都上來了吧。」月亮臉說著往下看。「喔，不——還有人在下面。那是誰？我們應該全都上來了呀？」

「天啊！是我的時鐘！」絲兒說。「就是我從『想拿什麼都可以國』拿回來的時鐘！」

沒錯，就是那個時鐘。「叮咚叮咚！」它一邊憤憤不平的大喊，一邊用扁扁的腳往上爬。

「好啦、好啦，我們會等你的！」絲兒說。「爬梯子的時候小心一點，你可沒有在邀請名單上。」

「我很樂意邀請時鐘來參加派對。」貝絲立刻說。「上來吧，時鐘。」

「叮咚。」時鐘開心的說完後，終於從梯子下爬了上來。

生日國度風景如畫。這裡一年到頭都是適合生日的天氣，晴朗的陽光、湛藍的天空和舒適的微風。這裡的樹四季常青，草地上總是開著雛菊和小黃花。

「喔，太美了、太美了！」貝絲開心而雀躍的大叫。「月亮臉，要怎麼拿到化裝舞會的衣服？要去哪裡拿？」

「喔，那邊的房子裡有各種衣服。」月亮臉說著指向一棟漂亮的房子。他們全都往房子走去。一路上有許多棕色的兔子從洞裡跳出來，對貝絲大喊：「生日快樂！」然後再縮回洞裡。一切都很令人期待。

所有人都擠進了那棟漂亮的房子裡。裡面到處都是衣櫃，衣櫃裝滿了超乎想像的各種美妙服裝。

「喔，你們看這件！」喬看到一件水手服時開心大喊，這件水手服還附有一頂帥氣的帽子，上面有藍色、白色和金色，就像船長的帽子。

「大小正好適合我呢！」他戴上帽子。貝絲選擇了一件像小仙子的洋裝，芬妮則選擇了一套小丑服，配上一頂高帽子，看起來就像真的小丑。

月亮臉打扮成海盜，絲兒則變成了水仙花。什麼名字先生裝扮成警察，至於平底鍋人，由於他身上的熱水壺和平底鍋實在太多了，所以根本找不到合適的服裝！

除了他，所有人都穿戴整齊了，哎呀，我的天，他們看起來真像自己扮演的角色呢！貝絲的洋裝上有翅膀，但是她很失望沒辦法用這些翅膀飛翔。要是能夠像真正的小仙子一樣展開翅膀飛翔該有多好！

「現在該去拿氣球啦！」絲兒說，她在陽光下跳著舞跑向坐在一旁的氣球小販，小販身邊圍繞著一大堆五顏六色的氣球。每個人都挑了一顆氣球，開心的不得了！

這時眾人突然聽到一陣鈴響，月亮臉開心的驚呼一聲。

「是生日餐！大家快來！」

他跑向草地上一張好長、好長的餐桌。貝絲和其他人一起跑過去，貝絲坐在桌頭的位置。但她驚訝又失望的發現桌上沒有任食物，只有空空的盤子和杯子！

「別失望！」絲兒悄悄說。「妳要許願想要什麼生日餐！」

貝絲驚呼一聲。她可以自己許願要什麼生日餐！喔——這一定是世上最好玩的一件事！

「不要許願說要麵包和奶油喔！」月亮臉說。「許願要冰淇淋聖代，我最喜歡聖代了！」

「我希望有冰淇淋聖代！」貝絲立刻說。下一瞬間，他們這輩子見過最大、最高的聖代出現在其中一個空盤子裡。月亮臉立刻吃了起來。

「許願要草莓和香草冰淇淋！」芬妮大叫，她最愛這兩種食物。

「我希望有草莓和香草冰淇淋！」貝絲說。接著一大盤草莓出現在桌上，旁邊放著一大盆香草冰淇淋。「我還希望有巧克力蛋糕，還有檸檬汁，還有、還有、還有、還有……」

「水果沙拉！」有人叫道。

「甜甜圈！」什麼名字先生大喊。

「起司三明治！」鬍子先生請求。

「叮咚叮咚！」絲兒的時鐘無比興奮的說。所有人都哈哈大笑。

「千萬不要許願說妳要叮咚！」喬說。「有絲兒的時鐘在這裡，我們的叮咚就夠多了！」

時鐘連續響了十四次都沒有中斷。它四處亂跑，看起來樂不可支。眾人紛紛吃了起來。天啊，這頓生日餐真是完美！草莓、香草冰淇淋和聖代幾乎立刻就被吃光了，因為鬍子先生和五十隻精靈都好喜歡這三種食物！貝絲又許願要了更多食物。

「生日蛋糕呢？」她問絲兒。「是不是要許願說要生日蛋糕呢？」

「不用，生日蛋糕會自己出現。」絲兒說。「它會出現在桌子正中間。妳只要看著就可以了。」

貝絲看著桌子正中間。那裡有一個美麗的銀色盤子。似乎有東西正在上面成形，一團奇妙的霧氣在盤子上環繞。

「生日蛋糕要出現了！」喬大叫，所有人都看著銀色盤子。一個巨大的蛋糕逐漸出現。喔，這蛋糕真美，上面有糖霜做的紅色、粉色、白色和黃色裝飾，形狀像小花。最上方是八根燃燒的蠟燭，因為今天是貝絲的八歲生日。蛋糕上面用糖霜寫著：「貝絲生日快樂！」

貝絲非常自豪。想當然耳，她要負責切蛋糕。要替這麼多人切蛋糕並不是簡單的任務。

「這是許願蛋糕呢！」月亮臉在每個人都拿到蛋糕時說。「吃的時候一定要許願、要許願、要許願，而且願望會成真喔！」

孩子們開心的看著他。要許什麼願望呢？芬妮拿著蛋糕，思考著要許什麼願望，這時平底鍋人卻毀了一切！你覺得他做了什麼事呢？

28 迷失在迷失小島

「你要許什麼願望？」月亮臉轉向平底鍋人說。他正要咬下蛋糕。

「魚網？」平底鍋人開心的說。「喔，我也喜歡用魚網捕魚！真希望我們現在在大海中央用魚網捕又肥又大的魚。」

這下可好！由於平底鍋人沒有聽清楚月亮臉說的話，所以他一邊吃著許願蛋糕一邊說出了這個願望。

總而言之，願望立刻成真了。一陣風吹過，把所有坐在桌前的人都吹到空中。他們坐在椅子上，緊緊抓住扶手，在空中飛了好幾公里！

這到底是怎麼回事？

椅子在一陣大風中往下飛。一陣鹹水打在所有人身上。喬喘了一口氣，往下一看。碰！所有人降落在柔軟的沙灘上，從椅子上滾下來，眾人紛紛坐起身，驚訝的眨了眨眼。

鬍子先生和精靈們看起來嚇壞了。月亮臉的嘴巴像魚一樣不斷開開闔闔、呆若木雞。喬和憤怒妖精都氣極了。

「怎麼回事?」洗多多夫人惱怒的說。「我們為什麼在這裡?」

「你們看這些魚網!」絲兒說著指向沙灘上的一張張魚網。

「這些魚網是給我們用的!」月亮臉抱怨道。「愚蠢的平底鍋人沒有仔細聽我說可以許願,他以為我說的是魚網,所以許願我們能到大海中央撒網捕魚!」

「老天啊!」貝絲緊張的說。「那我們現在在那裡呢?」

「我們應該是在迷失小島上。」絲兒看著四周說。「這是個有趣的小島,總是到處漂浮,迷失在大海上。但這裡總是可以捕到很多魚。」

「捕魚!」喬嫌惡的說。「誰想在生日派對捕魚?我們快回去吧。」

「叮咚叮咚!」絲兒的時鐘說。它走在沙灘和海浪的交界處,把腳都弄溼了。

「時鐘,快回來!」絲兒叫道。「你知道自己不會游泳吧。」

時鐘跑了回去,用沙灘上的青草把腳擦乾。貝絲覺得它真是個聰明的可愛時鐘,她真希望自己也能有一個這樣的時鐘。

「我們應該快點想辦法回去生日國度。」喬站起身，往小島的四周張望。「現在該怎麼做？這裡有船嗎？」

這裡什麼都沒有，只有魚網！但是根本沒有人碰那些魚網，因為大家一點都不想捕魚。迷失小島上只有一個長了青草的小山丘，除此之外什麼也沒有。

「真不知道我們該怎麼辦！」月亮臉皺著眉說。「你有辦法嗎，鬍子先生？」

鬍子先生穿得就像聖誕老人，配上他的長鬍子看起來非常合適。他

深思熟慮的揉了揉鼻子，搖搖頭。

「最麻煩的問題是，」他說，「我們沒有人帶著魔法，因為我們全都穿上化裝舞會的衣服，把衣服留在生日國度了。我們的咒語和魔法都還留在那些衣服的口袋裡，不在這裡。」

「至少我們不會餓死。」什麼名字先生說。「我們可以捕魚。」

「我才不想只吃魚，其他什麼都沒有！」喬說著做了一個鬼臉。「我一直想到貝絲許願的那些美食，現在就擺在那裡沒人吃呢！說真的，一提起到這件事我就想哭！」

芬妮發現自己手上拿著東西，她低頭看自己拿了什麼。是一片生日蛋糕。很好！無論如何，至少有蛋糕可以吃。她咬了一口美味的蛋糕。

「妳在吃什麼？」月亮臉靠過來問。

「一小塊生日蛋糕。」芬妮一邊說，一邊把蛋糕全塞進嘴裡。

「別吃掉！別吞下去！」月亮臉突然大喊，像是發瘋一樣繞著芬妮轉圈。「停下來！別吞下去！」

芬妮震驚的看著他。其他人也是。

「月亮臉怎麼了？」絲兒擔心的問。芬妮含著滿嘴蛋糕站著不動，吃驚的看著月亮臉。

「怎麼回事？」她含著滿嘴蛋糕問。

「芬妮，妳含在嘴裡的是最後一塊許願蛋糕！」月亮臉大吼著，他先用左腳跳來跳去，然後又換右腳。「許願，親愛的，許願啊！」

「我要許什麼願？」芬妮說。

「當然是許願希望我們回到生日國度啊！」所有人都激動的大喊。

「噢，」芬妮說，「我沒想到這點！我希望所有人都能回到生日國度，享用我們的大餐！」

突然之間，黑暗降臨在周圍。這次沒有風吹過來。月亮臉伸手握住絲兒的手。現在又是怎麼回事呢？

接著陽光又再次出現，然後所有人發出了驚喜的呼喊。他們又回到生日國度了！沒錯，他們面前出現了桌子，還有許多新椅子讓他們坐，桌上的美味食物都沒有變，和原本一樣！

「喔，太好了、太好了、太好了！」所有人齊聲吶喊，立刻坐回椅子上。他們對彼此微笑，非常慶幸能從迷失小島回到這裡。

「真是一場奇怪的小冒險！」喬說，他替自己拿了一大塊許願蛋糕。「大家都要小心自己許的願望喔，我們可不希望派對再出現這樣的冒險了！」

「我希望我的翅膀能飛！」貝絲一邊咀嚼許願蛋糕一邊說。她的銀色翅膀立刻伸展開來，讓她像是一隻大蝴蝶上升到空中，姿態美麗的飛舞著。喔，這真是全世界最美妙的感受了！

「你們看——你們看！」她大喊著，所有人都看向她。芬妮對著她大叫：「貝絲。別飛太遠了！」

貝絲再次飛回桌子前，興奮和喜悅讓她臉頰通紅。這真是她參加過最美好的生日派對了！

所有人都許下自己的願望，只有平底鍋人除外，因為他已經把願望浪費掉了。還有芬妮也沒有願望，因為她在迷失小島時也用掉了。不過，當她因為沒有辦法許願而露出失望的神色時，月亮臉偷偷說：「別難過。告訴我妳真正的願望，我幫妳許願。我沒有願望。」

「喔，月亮臉，你真是個好人！」芬妮說。「如果你說的是真的，我想要一個會走路、會說話的洋娃娃。」

「沒問題！」月亮臉立刻說。「我希望芬妮有一個會走路和說話的洋娃娃。」

下一秒，絲兒驚奇的大喊，指著芬妮背後。每個人都看了過去。有個洋娃娃正往這邊走來，小短腿胖呼呼的，穿著美麗的藍衣服，手上拿著一個袋子走向芬妮，抬頭看她。

「喔！妳真是個既可愛又美麗的洋娃娃！」芬妮欣喜的大喊著，把洋娃娃抱到腿上。娃娃抱住芬妮，並說：「我屬於妳。我是妳的洋娃娃。我叫做帕若妮。」

「這個名字真美！」芬妮抱著洋娃娃說。「帕若妮，妳的袋子裝了什麼？」

「是我的衣服。」洋娃娃說著打開袋子。裡面裝著睡袍、晨袍、大衣、雨衣、連服、洋裝和各種其他衣服。芬妮開心極了。

「喬，你許了什麼願望？」貝絲問。喬四處張望，好像期待某個東西出現。

「我許願要一匹小馬。」喬說。「快看！小馬來了！牠真漂亮！」

一匹黑色的小馬正快步跑向眾人，牠的前額有白色的斑紋，四隻腳也是白色的。牠直直走到喬面前。

「屬於我的小馬！」喬開心的大喊。「我要騎馬！我要幫你取名叫做午夜之星，因為你是黑馬，前額有一顆白色的星星。」

他跳到小馬的背上，繞著生日國度

跑了一圈。

「現在來玩遊戲吧！」月亮臉蹦蹦跳跳的大喊。他一說完話，桌子就消失了，生日國度響起了音樂聲。

「大風吹！大風吹！」絲兒大叫。這時椅子都自動自發的排成了一長排。「大家快來玩！」

29 再次安全回家——再見！

派對繼續進行。大風吹很好玩，在這裡玩大風吹不需要把椅子拿走，椅子會自己離開，敏捷的走到旁邊去看他們玩遊戲。

最後是絲兒贏了大風吹的遊戲。她的動作最快，腳步最輕盈。她把月亮臉推開，坐到最後一張椅子上時，一盒巧克力從空中飛過來降落在她手上，她覺得開心極了。

「大家一起吃吧！」她說著打開包裝。眾人在吃巧克力的時候看到了非常令人震驚的景象。

「你們看！」月亮臉因為太過震驚，差點就把巧克力一口吞下去了。「有人正跑過來。」

他們仔細一看，好像是許多衣服顏色鮮豔、姿勢筆直的矮小男人正跑向這裡。你們知道他們是誰嗎？

「是生日禮物！」什麼名字先生大叫一聲，愉快的從座位上跳下來。「是禮物，它們正跑向我們，已經準備好被拆開了！」

沒錯，那些禮物真是太滑稽了！這些禮物都是包裝好的盒子，下面長出了小小的腿，不斷東躲西閃，試著不被人抓住。每個人都追著禮物跑，一邊大笑一邊大叫。這些快樂的小盒子一個接著一個被抓住了，眾人紛紛撕開包裝、打開盒子。哎呀呀，盒子裡的東西真是太特別了！

「我拿到遠遠樹形狀的胸

針！」芬妮大叫著把胸針別上。

「我也想要。」洋娃娃說。

「那妳要自己去抓住一個禮物才行，帕若妮。」芬妮說。於是洋娃娃追著一個紅色的生日禮物跑，芬妮大笑不止。帕若妮終於抓到了，把禮物帶回來給芬妮。裡面是泰迪熊形狀的胸針，帕若妮非常滿意！

喬在禮物盒裡找到一個閃閃發亮的銀色哨子。他吹哨子時響起的聲音聽起來就像魔幻森林裡的小鳥在鳴叫。他非常喜歡這個禮物。月亮臉找到一個發聲玩具，按下去時會發出貓叫聲，害得平底鍋人開始到處尋找貓咪！月亮臉真調皮，他在平底鍋人的背後用力按下發聲玩具，平底鍋人一邊對著桌子和椅子下面喊著：「喵喵！喵喵！喵喵！」一邊尋找貓咪，月亮臉笑得眼淚都流出來了。

絲兒的鐘也想要禮物，它追著禮物跑，一腳踩在一個禮物上用腳按住，和絲兒一起拆開包裝。你猜猜裡面是什麼禮物呢？是一小灌油！

「正是你這個小時鐘的齒輪和彈簧需要的油呢！」絲兒開心的說。時鐘覺得很滿意，連續響了二十二聲都沒有中斷，把會走路的洋娃娃嚇得目瞪口呆。

他們想要玩捉迷藏，草原上立刻迸出了適合躲在後方的灌木叢和樹木。生日國度真是最棒的一個國度了！

接著，他們又想玩釘驢尾巴，一隻巨大的玩具驢子和毛茸茸的大尾巴立刻憑空出現在他們面前！

然後他們又想要賽車，說變就變，眼前馬上出現一大堆小車子，全都準備好要讓他們比賽了！每個人都選了一輛最喜歡的車坐進去。其中甚至有一輛小車給帕若妮開，還有一輛更小的車是給絲兒的時鐘開的，時鐘也加入了比賽，一路上都開心的叮咚個不停。

雖然平底鍋人在比賽過程中掉了幾個平底鍋，不過最後他贏得了比賽。月亮臉把顯然是冠軍獎品的一盒太妃糖遞給了平底鍋人。

「你贏得比賽了！」他說。

「跑步比賽？」平底鍋人說。「好，來比吧！」他跑了又跑，想要讓眾人知道他能夠跑得多快。他跑步時發出的聲音非常嚇人，熱水壺和平底鍋全都圍繞著他鏗鏘響個不停。

「吃飯了、吃飯了！」月亮臉突然大叫，伸手指著旁邊的可愛景象。地上突然長出了一百多個蘑菇，上面放著各式各樣的美味飲料、蛋糕和水果。許多小蘑菇圍繞著大蘑菇長出來。

「這些小蘑菇是椅子！」絲兒高聲說。她坐在其中一個小蘑菇上，替自己倒了一杯橡實汁。「我餓壞了！大家快來吃吧！」

貝絲從空中飛下來。她真喜愛飛行的感覺。芬妮和洋娃娃一起跑過來，不論芬妮走到哪，洋娃娃都跟著她，用尖尖的聲音說話。喬騎著小馬飛奔過來。每個人都好快樂。

天色漸漸黑了，但沒有人介意，因為周圍的樹木和灌木叢裡突然出現了好多明亮的大燈籠。就在他們坐下來吃東西時，突然

聽到了一陣巨大的爆炸聲！

帕若妮嚇得抱住芬妮。絲兒的鐘試著爬到她的腿上，但被推下去。

「那是什麼聲音？」喬拍著嚇壞的小馬問。

「是煙火！是煙火！」憤怒妖精開心的大喊。「快看！快看！」

沒錯，在他們前方有美麗的煙火綻放到空中。沖天炮高高飛到空中，炸開變成五彩繽紛的星星降落。煙火在空中滋滋作響，旋轉了一圈又一圈。鞭炮在周圍爆炸亂跳發出劈劈啪啪聲。看起來真是壯觀！

「這真是我參加過最美好的生日派對。」貝絲快樂的說。她拍著大翅膀坐在蘑菇上觀賞煙火。「有好吃的食物、能夠成真的願望、刺激的遊戲、美妙的禮物，現在還有煙火可以看。」

「我們必須在午夜回家。」月亮臉說，他把絲兒的時鐘推開，時鐘一直想要和他一起坐在蘑菇上。

「要怎麼知道什麼時候是午夜呢？」芬妮一邊問一邊想著，正是讓她的洋娃娃上床睡覺的時候了。

他們很快就知道了，因為午夜到來的時候，絲兒的鐘立刻站起來，大聲叫了十二次——咚、咚、咚、咚、咚、咚、咚、咚、咚、咚、咚、咚！

「去梯子那裡！去梯子那裡！」月亮臉大喊著叫所有人過去。「生日國度很快就要離開遠遠樹了！」

梯子還在。每個人都爬下梯子，彼此道別。精靈們拿了靠枕，溜下滑溜溜滑梯。鬍子先生的鬍子不小心纏住了月亮臉的沙發，差點就把沙發一起帶下溜滑梯了。月亮臉即時攔住他，把鬍子解開來。

「我的小馬要怎麼辦？」喬擔心的問。「你覺得牠會想要滑溜滑梯下去嗎，月亮臉？」

「這個嘛，牠不可能用爬的下樹，也絕不可能坐著洗衣籃下去。」月亮臉說。所以他們讓驚訝的小馬坐在靠枕上，從溜滑梯滑下去，牠驚訝極了，完全搞不清楚到底發生了什麼事！

芬妮把想睡覺的洋娃娃放在腿上滑下溜滑梯。貝絲小心翼翼的把翅膀拿下來折好。她可不想把翅膀弄壞。她想要每天都用翅膀飛上天，也非常驕傲自己有這些翅膀。

小馬安全抵達了青苔緩衝墊。喬騎到馬背上。森林裡一片漆黑，但月亮已經升起了，他們可以清楚看見回家的道路。

「再見了！」月亮臉在樹頂大喊。「今天過得很開心！」

「再見了！」絲兒大喊。「叮咚！」她的時鐘昏昏欲睡的說。「你們要保重啊！」什麼名字先生說。

月亮臉用力按下他的發聲玩具，平底鍋人很快就開始喊著：「喵喵！喵喵！貓在哪裡！」月亮臉咯咯笑了起來。

嘩啦啦——嘩啦啦！老天啊，洗多多夫人開始洗衣服了嗎？喬騎著小馬躲過洗衣水，女孩們全都從樹下跑走了。鬍子先生就站在樹下，被洗衣水淋得一身溼，他沮喪極了。

「走吧，女孩們！」喬哈哈大笑著說。「真的該回家了！不然明天早上一定起不來！」

他們再次往家走去，穿越魔幻森林，蒼白冰冷的月光照在樹木間。

「嘩唰、嘩唰、嘩唰！」葉子們竊竊私語。

喬把小馬留在小木屋外的草地上。芬妮替帕若妮換下衣服，讓她躺到洋娃娃的床上。貝絲把翅膀小心翼翼的收進抽屜裡。他們全都換下衣服，昏昏欲睡的爬上床。

「晚安！」他們說。「今天真是太美好了。能住在魔幻森林旁邊真是幸運！」

他們的確很幸運，不是嗎？或許未來還有更多冒險；但現在我們必須向他們說再見，讓他們好好睡覺了，他們全都夢見了生日國度和在那裡的美好回憶！

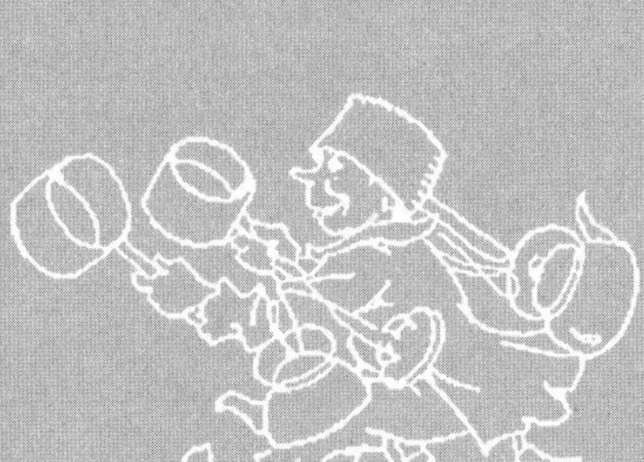